蝴蝶館 48

再綻梅

蝴蝶*Seba*◎著

elegantbooks

開封張家老宅後門，今日甚是嘈雜。

原本在老宅養病的三房少夫人帶著小公子北上奔喪，誰知道三少夫人因為「惡疾」被休了，連小公子都被除了族籍。

可他們回來收拾東西，準備搬去莊子上住，卻也沒人為難，家僕依舊殷勤的幫著收拾打包，還有人偷偷擦眼淚。

圍觀的鄰里也竊竊私語，模模糊糊還可以聽到幾句「寵妾滅妻」。

鄰著後門的糧米鋪子掌櫃張明看著，很輕很輕的嘆口氣。

「張大掌櫃十幾個糧鋪，都快讓別家沒飯吃了，還有哪些不足？」來談生意的陸貴打趣著，順著眼看過去，只見幾輛驢車牛車滿滿當當，「張家好好的，怎麼休了媳婦兒？」

「我這出五服的遠親，論理就不該知道。」張明搖了搖頭，「可我家女人，是前頭老祖宗跟前得意的大丫頭，後來又跟三少夫人……以後只能稱劉娘子了。少夫人是個仁善的。可再仁善也逃不過個寵妾滅妻的主。這不，落了個被休棄的下場？」

陸貴倒是吃了一驚，開封老張家已經遷到京城去了，但還有些鋪子和老宅。前些年大概是鞭長莫及，很有些破敗的光景，可這個來「養病」的張家三少夫人住進老宅不久，這些鋪子開始經營得利，三年多的光景，更勝未遷前的榮盛。

想著果然是老張家的媳婦兒，知人善任的，看張明可見一斑。原本想著京城的皮毛生意也找張家搭把手……一聽家風如此，不禁皺了眉頭。

「這張家也是百年世家，怎麼就鬧出這樣的事來？」陸貴試探著。

張明忖度了會兒，心下也是不忿。說起來，他夫妻倆都受過三少夫人的恩，不然也不會跟著來開封。誰想到老祖宗才去，老太太就能那麼心狠，就顧著自己么子，一張休書休了少夫人，全然沒想過少夫人頂了這樣的名聲，將來怎麼做人，還連自家子孫都不要了。

「說起來，三少夫人進門就受盡委屈。」張明延了陸貴進門奉茶，「三公子成親的時候，就是同時娶了一妻一妾，兩台花轎同時抬進門。那個趙姨娘是三公子的表妹，婆婆就是姨母，進門就是貴妾，三少夫人可該多苦。可三少夫人真是個賢良大度的，後來三公子陸陸續續又收了幾房，她都個個周全，人人和睦……」

他聲音低下來，「張家三個公子，就三公子這房三男一女，平平安安。其他的滑胎的滑胎，小產的小產……」

陸貴點了點頭，有些納罕。大家深院通常子息艱難，說穿了也就那麼回事。張家三少夫人的確能容人，也頗有治家之能，否則怎麼能夠如此。

「三少夫人如此賢良，又休她怎地？」陸貴不解了。

張明又嘆了口氣，「三少夫人賢良又有見識，除了老太太，沒人不喜歡她，老祖宗更是疼得不得了。聽我女人說，原本也跟三公子漸漸親和了，哪知道三公子吃上了阿芙蓉膏……這玩意兒最是害人，一旦上癮就不得了了。三公子把自己的體己吃了個乾淨，又逼著三少夫人掏銀子。三少夫人苦勸著，他倒是把三少夫人往死裡打……打到破相了，也滑了胎……」

「啊。」陸貴驚詫，「這三少夫人家裡就不講話？」

「三少夫人娘家都讓人抄了，還講什麼話。」張明沉重的搖搖頭，「這次事情鬧大發了，三少夫人虧損得太大，再不能生育了，三公子就鬧著要休妻。老祖宗看著鬧得太不像話，遣三少夫人回老家調養。可之前一個通房丫頭產死了，那孩子幾乎是三少夫人養大的，兩歲多的小人兒，拉著裙裾哭得可憐。三少夫人病得七死八活的，還牽了孩子跟老祖宗磕頭哀求，帶著走了。」

「少夫人是個心善的，老祖宗也心如明鏡似的。」

「可不是？也是老祖宗起了個善念，不然靈前連個重孫都沒有。」張明搖搖頭。

陸貴原想問，細想想閉了嘴，有些毛骨悚然。這三少夫人離了家，後院大概就翻了天，可憐幾個小孩子就這麼不明不白的夭折。

「如此家風……」陸貴也嘆氣了。

「幸好出了五服，我都不好意思說是親戚。」張明淡淡的，「我管的這些鋪子，都是老祖宗給了少夫人的。若不是這樣，我才懶得給老張家作牛作馬。」

陸貴又閒話了幾句告辭了，立馬打消了和老張家合作的主意，回去稟了自家公子。

陸家公子沉吟了片刻，「這事我略有耳聞。老張家這樣兒，的確不是能搭伴兒的主。」他想想笑了，「聽說三少夫人善於調理人，身邊的丫頭個個識字能算，家家爭聘，我看你年紀也不小了，也替你聘一個如何？」

陸貴不免臉上一紅，「連公子都來打趣我了。她家丫頭金貴得很，小的沒這福分。」

陸家公子大笑，「你就是愛好顏色，不知道娶妻當娶賢。罷了，你要哪個自去尋吧。」

陸貴陪笑，「小的的事還不急，倒是公子……」

陸家公子斂了笑意，「再說吧。」就打發陸貴走了。

大概是祖母囑咐過陸貴。他苦笑了一下。但他實在不想再娶妻了。

陸家公子名上善，字持盈。雖讀書識字，也考了個秀才，卻對功名淡泊，倒是個走南闖北的儒商。之前祖母作主給他聘了一個富商千金，美麗嬌嬈，小夫妻也頗有段恩愛時光。

只是陸公子一年倒有半年在外行商，嬌妻深閨寂寞，常有怨言。他體恤妻子，讓祖母不要管束太緊，妻子沒事就回娘家。怨言倒沒有了，只是他七個月後歸家，嬌妻懷孕已有兩個月，整個家亂糟糟的，差點把祖母氣死過去。

他原本就是庶子，又是么兒，早已分家別住。如今家不成家，妻不成妻，他也只能苦笑，給嬌妻一點顏面，讓她和離返家，嫁妝全數退回。後來聽說她回家就招了個女婿，孩子也生了，也算有了個結局。

為了這事，祖母把他叫來罵了又罵，他也只是聽著。陸家家業不小，深宅大院什麼光怪陸離都有，他的娘又是個失寵的妾。印象裡只記得母親總是垂淚，自悔不該與人作妾。

他前妻雖是出身商戶，卻是正經嫡女，嬌生慣養的，嫁給庶子少不得抱怨。想想自己早逝的親娘鬱鬱寡歡，也就不想為難了。雖說讓人戴了綠帽子滋味不好受，但為難個女人家算什麼能事呢？好聚好散，也就罷了。

只是自此他在女色上頭就淡薄許多，鮮少眠花宿柳，也不置妾侍。一年到頭都在外面跑，何必在家擱個人給自己找不痛快。

臨睡時，他翻著陸貴交上來的帳冊，想到了張家休出來的三少夫人。這倒是個賢的，可又落了什麼好下場？他的前妻品行有虧，現在反而有夫有子。這什麼世道……

苦笑了兩聲，發了一會兒的怔才睡下。

這日，陸公子應舊日友人之邀，準備去游江。

行經張家莊，卻見一戶人家門前，擠著幾個潑皮無賴堵著門吵吵嚷嚷，一圈子人站得遠遠的指指點點，卻沒人敢上前。

陸公子勒停了馬，跟身旁的小廝說，「這是怎麼了？堵著路都不給人走了？去打聽看看。」

小廝趕緊下了馬去詢問，一會兒跑回來，「公子，那戶就是被張家休出來的劉娘子。」壓低聲音說，「那些潑皮無賴，都是張家的族人……說劉娘子占了張家的產業，要她還出來……當中還有些很不好聽的，不敢回公子。」

陸公子皺了眉，這老張家是怎麼回事，不占理還這樣沒臉沒皮。雖說不關他的事情，但他卻很看不過去這樣下作，正要吩咐小廝們趕開那些無賴，卻看到大門開了。

只見一個素衣娘子，荊釵布衣，雖無甚姿色，卻透出些許書卷氣，顯得柔和。只雙眉濃密飛揚，透出一絲剛強，圓圓的臉孔反襯出靈動。可惜左眼一道長疤，從額至頰。雖然顏色已轉灰白，在曬成蜜色的臉孔上還是惹眼又驚心。

她提著一根齊眉棍，沉靜的看著七八個潑皮無賴。「這門首姓劉，你等姓張，憑什麼來我家吵嚷？」

那起潑皮無賴哄笑起來，污言穢語，還有個想要對她動手動腳。

「還等什麼？」陸公子喝道，「快去趕開那些無賴！」

可沒等陸家小廝上前，劉娘子已然發難。只見一條齊眉棍左打右砸，已經打倒了三個，陸家小廝跟著陸公子走南闖北，也有兩下子，更是起手一頓胖揍，七八個潑皮只能倒地上哼哼，個個衣破鞋歪。

「行了！」陸公子喊，「給點教訓就是，別鬧出人命。」

劉娘子也已收手，冷笑道，「你們倒是謝謝這位公子，不然就讓你們斷子絕孫，不再男人！」她掄轉齊眉棍，乓的一聲砸碎好大一塊拴馬石，「看是石頭兒硬，還是你們那話兒硬！」

砸完石頭，她目光如電的環顧看熱鬧的人，冷哼一聲。看這樣的巡海夜叉，誰還敢待？發聲喊，跑得一個不剩，只有陸公子一行人和劉娘子。

劉娘子倒是大大方方的斂襟行禮，陸公子也下馬一揖，瞥見滿地碎石塊，心底覺得好笑。他走南闖北見識既廣，也瞧出這些碎石塊是造假的，這劉娘子倒頗有些機智。

「劉娘子，這石頭可得清清，省得磕了人。」他溫文的說。

劉娘子呆了一下，露了個心照不宣的笑，「可不是？四喜兒，找人來清掃門口，撒點鹽水去晦氣！」

轉頭對陸公子福了福，「謝公子援手。」

「舉手之勞，何須言謝。」陸公子上了馬，拱拱手，帶著小廝們揚長而去。回頭只見劉娘子已經進去了。

「公子，劉娘子的棍法倒是齊整。只是女人家無甚力氣。」他的書僮侍墨笑著說。

「她若有力氣，也不用造假了。」陸公子不禁噴笑，又感疑惑。瞧她身法，是練過武的，怎麼就能讓夫婿打成這樣？那麼長的疤，是怎麼下得了如此狠手？

「人還是不要太賢良。」侍墨嘆息，「那棍法就該留著給她那狠心的夫婿吃才對。」

「嘖，你又知道了？」陸公子睇了他一眼，催馬疾行。

＊　＊　＊

原本休整月餘就要再次遠行，卻因為祖母病重耽擱了下來。

他的生母早逝，不是祖母看顧一二，一個身分低微的庶子也長不了這麼大。嫡母一直把他看成眼中釘、肉中刺，長到十八歲娶了妻就鬧著讓他出府，祖母也沒怎麼攔，只給他些鋪子田產讓他分府別過。

說到底，是祖母維護著，不然淨身出戶也有可能。他對祖母很是感恩。這些年行商也賺了些錢，很是孝順祖母。

他也知道，祖母真正的心尖子是他嫡長的兩個哥哥，心心念念就是想他們讀書上進，可他十六歲就考中了秀才，那兩個哥哥混到現在連個生員都混不上，文人毛病倒是一大堆，對家裡行商十二萬分之瞧不起。父親還在的時候，到底還能守成，父親和嫡母相繼過世後，漸漸就虧損上來了。

他會千里行商，也是想落個眼不見為淨。都已經分家別過了，養嫡長哥哥絕無可能，但奉養與他有恩的祖母，那倒不是什麼難事。

只是向來頗有分寸的祖母，央他看顧陸家產業，真讓他非常為難。

陸家走的是布匹買賣，開封城裡還有些雜色鋪子，幾個莊子。就他看，不過是巴掌大的產業，他身邊隨便拉個人出來都能打理，他還真瞧不上。

「祖母，孫兒已經分府別過。」他恭謹的說。

「善兒，你是否心底還有怨氣。」面容枯槁、白髮如銀的老祖母含著淚問。

「哪兒話，祖母當我什麼人了？」上善為難了，「畢竟已經分家，我插手陸家產業是不對的。不說大哥、二哥心底不好受，族裡也要說話。」

「分家就不是兄弟了？你兩個哥哥都是讀書人……」一想到兩個嫡孫讀了那麼多年書，還是尺寸未進，她不由得有些赧然，又復惱羞，「難不成你還要我這老婆子，管了裡又管了外？若不是你爹和嫡母去得早，我何苦還得這樣操碎了心！……」說著就哭了。

他能說不要嗎？結果還是悶悶的擔下來了。

但他一個見過千山萬水，金子來去都是成千上萬的巨商，管這麼巴掌大的產業，真是哭笑不得。不消幾個月就理出頭目，還不夠陸貴一辦。祖母的病就這麼拖著，他又不好說他想往外跑，整天在家裡閒得非常難受。

這還不算，他那兩個鼻孔朝天的嫡親哥哥防他跟防賊一樣，天天翻著帳冊找他的碴，言裡話外，連敲帶打，就是警告他別不安分肖想陸家的家業。

表面恭順，心底卻頗鄙夷。不過鼻屎大的家業，也怕人惦記。所謂坐井觀天，所謂夜郎自大，也不過如此。

不能外出行商，也不想待在老宅讓兩個哥哥冷嘲熱諷，他也只能把陸貴趕去行商，自己接了這盤生意。寧可無所事事的天天巡鋪巡莊子，在外頭蹓躂。

舊日文友，酸氣沖天，他合不來；在地富豪，成天算計，心底都不怎麼瞧得起他這個庶子，他也話不投機。

吃喝嫖賭，他沒興趣。他就喜歡天南地北的走商，與其說他喜歡賺錢，不如說他喜歡那種成就感。現在在開封動彈不得，無奈得大嘆龍困淺灘。

這日，他悶悶不樂的順著田道巡完莊子，正煩惱吃過飯如何打發時光，卻見前面一大一小兩頭毛驢，是個婦人帶個小孩，小孩正朗朗讀書，聲音稚嫩。

「蓼蓼者莪，匪莪伊蒿。哀哀父母，生我劬勞。蓼蓼者莪，匪莪伊蔚。哀哀父母，生我勞瘁。……娘，下一句是什麼？」

「缾之罄矣，維罍之恥。」婦人的聲音清亮，卻有些熟悉，上善瞇細眼睛，抬頭看著婦人的背影。

「對喔……」孩子念了兩次，「娘，這是什麼意思？」

「缾呢，就是酒瓶。罄矣，就是沒有酒了，罍是酒甕。意思就是說，酒瓶裡沒有酒啦，是酒甕的不是……」

「為什麼是酒甕的不是？酒瓶裡的酒不就給人喝的嗎？」

「比喻啦！你知道那些酸腐文人就愛用漂亮對仗……」

「娘，妳又這樣講。等等又把先生氣走。」

「嘖，你是我的兒子還是先生的兒子？你站哪邊的？」

「咱是幫理不幫親。」

婦人怒了，「你這不肖子！」

孩子露出一個燦爛輝煌的笑容，「娘，我笑啊，哪裡不笑了？」

「你就貧嘴吧！」婦人冷哼一聲，「下個月沒有零用錢了。」

「娘啊，不帶這樣的，」孩子慌了，「您不能沒事兒就經濟制裁啊……您不是說，要就事論事嗎？」

「你說你是不是不肖子？」婦人頭一抬。

「是，我是不肖子。」孩子非常正氣凜然，「我就該堅決的站在娘這邊，先生那種酸腐文人面子上過得去就行了。」

上善沒忍住，噗嗤一聲，倒是驚了前面那對母子。

田道窄小，兩頭瘦毛驢並肩而行還可以，上善騎著高頭大馬，別想能超車。本來輕鬆談笑的母子，齊齊肅了面容，避道一旁。上善這才發現，原來是劉娘子，她身邊的那個孩子，大約就是養在她膝下的庶子。

面容還周正，就是皮膚有點黑，鼻子長了些。可整個人透著一股伶俐爽朗勁兒，讓人一見就舒服。

「劉娘子。」上善點頭行禮，「這是妳家小公子？」

「是。」劉娘子斂下眼簾，卻沒多話。「公子請先行，無意間堵了道，尚祈見諒。」

「敝姓陸，陸上善。」他對張家小公子笑了笑，「這道就這麼點大，我也沒什麼事情，陸娘子和小公子先行，不必客氣。」

「陸公子，長者先行是應該的，您請。」那小公子一臉稚氣，卻裝出一副大人樣兒，老氣橫秋的，真把上善逗笑了。

他緩馬和張家小公子邊聊邊行，劉娘子守禮的落後三個馬身跟著。一問年紀，八歲不足，雖然稚幼，卻透著大方。一聽他的名字慎言還是劉娘子取的，不禁有些感慨。

他自己就是個生母早喪的庶子，哪裡不知道裡頭的門道。若不是張慎言攤上這麼一個愛若親子的嫡母，今天能有什麼好的下稍，活不活得性命還是兩說。

當初若嫡母好好待他……可這也太難為嫡母了。

但這孩子讓嫡母教得這樣活潑又有氣度，真的是有福了。

「今兒一見如故，卻沒準備什麼表禮。」上善笑著，取了個隨身玉珮要遞給慎言，「張小公子莫嫌簡薄。」

慎言看了看母親，大模大樣的咳了一聲，「謝謝陸公子如此厚愛，可無功不受祿，您的心意我收到了，就此謝過。」

上善讓他逗樂了，「長者賜，不敢辭，禮予？」

慎言看了看他，又無助的看看母親，怯怯的問，「娘，我還沒念到《禮記》……是哪篇的啊？」

這下連劉娘子都笑了。「你就收下吧，謝謝陸公子。」

待別過後，慎言癱了下來，「跟讀書人說話就是累，扭捏得緊。」

「還說要給我掙鳳冠霞披呢，」劉娘子嘲笑，「早早打消這念頭，乖乖種田去吧。」

慎言不服氣了，「我這叫念書不忘種田，種田不忘念書！我問過先生了，農官好歹也能掙上五品，妳好歹也有個宜人！哼，有這樣不讓人上進的娘嗎？」

「死小鬼，少擠兌我！」劉娘子在驢上往他方向虛踢一腳，「你能堂堂正正當個男子漢，做個有用的人就成了，養都不用你養，更不用什麼鳳冠霞披！是誰教你這扭曲觀念的……」

「娘啊，別動手動腳的，形象啊，妳也讀讀女誡……」

「張慎言，你皮癢?!」

上善勒定馬站在原地，看著那對母子鬥著嘴去了，臉上隱隱有些笑意。話語雖輕，但他天生靈聽，幾乎一字不落的聽了進去。

直到他們去得很遠，再也聽不見了，他才沉沉的嘆了口氣，慢吞吞的驅馬回那個名義上的家。

早知道就不回來吃了。

頂著兩個嫂子的聲量，上善捏著筷子，默默的想。

祖母怕家散了，頂著病出來吃了幾口又回去歇著，大人一走，兩個嫂嫂就開始硝煙四起。大嫂是個柔柔弱弱的女子，看花掉片葉子就能哭半天，偏偏是長房長媳管著一大家子；二嫂性子潑辣，愛爭強卻缺心眼，鬧起來那叫做天崩地裂。

剛巧二哥納了嬌滴滴的妾，二嫂心底不痛快氣沒處撒，藉機撒氣，大嫂掩著臉就大哭起來，大嫂身邊的碧玉不是個好欺負的，細聲細氣卻明嘲暗諷，將個晚飯弄得烏煙瘴氣。

大哥、二哥眼觀鼻鼻觀心，像是突然盲聾啞。上面的哥哥不講話，哪有他這小叔子開口的地方。

這陸家的飯真不吃也罷。吃沒幾筷子卻發胃疼，反倒耗費了點金雀舌丹整腸胃。

好容易熬過這頓飯，他想去探探祖母可吃飯吃藥了，才走出飯廳，拐了個彎，遠遠的就看到大嫂在梅樹下啜泣。

他立刻反方向逃跑。

不是他鐵石心腸、冷漠無情，實在吃虧吃太多。大嫂嫁進來的時候，他才十三歲，看到大嫂在荷池邊哭泣，安慰了她幾句，遞了自己的帕子給她擦眼淚……然後事情就大條了。

大嫂雖然沒有明說，但碧玉卻拿著那條手帕恐嚇他當起大哥的間諜，如果不從，就要賴他調戲大嫂……真把他嚇矇了。後來他千方百計，硬把帕子搶回來燒了，卻嚇出一場大病。

之後還更千奇百怪，床上還會突然多出兩個嫂嫂的貼身丫頭，或是有丫頭穿得輕薄，半夜送酒給夜讀的上善喝……真是慘痛的教訓。

後來他在女色上面這樣淡薄，除了前妻給的教訓，這些後院風波的鬼心思，也要占一半的原因。

繞了個大圈去探望祖母，才發現兩個侄兒都在祖母身邊說笑。祖母抬頭敷衍他一下，又笑咪咪的跟著兩個曾孫說話。

他的笑淡了些，坐了一會兒，問了祖母身邊的丫鬟起居用藥無誤，就辭了出來。突然很想念自己的別府。雖然家裡沒什麼人，冷冷清清，但終究是自己的地方，吃飯清靜，睡覺安穩。

也不是不知道，祖母永遠沒辦法像疼大哥、二哥那樣疼自己。那是嫡長，他是什麼？祖母已經盡力了。

但他說什麼也不會再娶房妻室。

因為他對外對得好，漸漸補了陸家這些年的虧損，祖母又動腦筋要他娶房妻室，好管管內院……畢竟大嫂是個美人燈兒，吹吹就壞了，二嫂逞強，卻缺心眼得厲害。

天下哪有那麼好的事情。

他有些嘲諷的彎了彎嘴角。願管陸家這盤生意，是覺得祖母沒幾年好時光了，不忍心讓她看著陸家衰敗。可這盤生意做好了，他又有什麼好處？連月例銀子都沒有呢。

累他一個不夠，還要他娶個人來幫著累？大嫂是長房嫡孫媳，她掌家理所當然，那他自己的媳婦兒插什麼手？不過就是找個扮黑臉的來勞心勞力，有功絕對無賞，打破一定要賠。

到時候內外均安的時候，一句早已分家，他就得乖乖打包回去。

他又不是傻了，自己還有個親恩不得不為，為什麼要拖累別人家的倒楣姑娘？這又不是他的家。

他命裡是沒有家的。

在書房坐了一會兒，自嘲的笑笑。走出去吩咐了聲，誰都不能放進來，回到臥室還得裡裡外外瞧一遍，就怕兩個嫂嫂又整什麼鬼心思，往他身邊塞人。

你說這人，怎麼活得這麼難呢？在床上躺下，他又嘆息一聲。

第二天，他乾脆回別府住，才覺得舒心沒幾天，又讓祖母叫了回去。他忍耐的聽著祖母嘮叨責難哭訴，堅決的辭謝了祖母作媒的好意。但也不得不讓一步，乖乖在陸府住下，不提回去別府的事情。

他心裡明白，祖母怕他跑了，不管陸家這個爛攤子，所以想他再娶，攢著他的妻兒，留住他的心。他的幾個嫂嫂都想在他身邊塞人，也存著類似的心思。

他不恨，也不怨。只是覺得很累。

當我陸家雇的總管呢。他心底嘀咕。人家當總管好歹還有個月錢年奉，他怎麼沒有這種待遇？帳面上事事要管，銀錢他是一毛也摸不著。既然如此，就別想我作大，守成就很不壞了。

此後他更是淡淡的，只晨起問安，晚上都說在外有事，連飯也不回去吃了。

其實，這巴掌大的地方能有什麼事兒？何況他巡鋪巡得這樣勤快。雖然他覺得挺無聊，但也不會比在家裡受氣無聊。

這日，他又百無聊賴的在臨陽鎮蹓躂。這兒正介於開封府和張家莊之間，陸家有個繡莊在這兒。他已經在開封府溜煩了，想來透透氣兒，就藉口來看看繡莊的帳。

鎮雖不大，倒是挺齊整的。畢竟開封挨著黃河邊，常常漫水，附近不漫水的村鎮就漸漸發展起來。這塊地勢稍高，不要大潰堤幾乎不漫水，附近算是境內少有的良田。

去巡了繡莊，看了一筆爛帳，繡莊掌櫃一大堆理由，最後還拿二嫂來恐嚇他……原來是二嫂的娘家人。他也懶得說了，讓他的親信陸封留下來繼續查帳，保證掌櫃會把錢都賠出來，又留下了身邊所有的小廝。

他很篤定掌櫃會把錢都吐出來。反正不吐出來，陸封和那些小子會讓他的肝或腸吐出來。

一點點都不擔心。

信馬由韁的漫行，卻看到幾個孩子在私塾門口對罵，非常熱鬧，堵了半條街。

居高臨下的看，赫然看到劉娘子家的小公子勢單影孤的獨個站著，對面幾個頑童趾高氣揚的嘲笑他。

八歲不足，一點點大的張慎言，卻板著一張小臉蛋，故作冷淡的看著扯著他小驢的同窗，一言不發。

「讓你竄跳，讓你當抓扒子！」一個個子很高的男童嚷著，「就看你幾個字，你敢跟先生說？你若不跪下來求饒，我就打死你的驢子！」

慎言冷冷的瞧他一眼，「仔細挨驢踢，到時候又去找先生說我欺負你。」

男童的臉孔不免又青又紅，剛剛他已經挨過小驢踢了個跟斗，眼角的淚還沒乾呢。身邊的同窗笑了個東倒西歪，他越發羞惱，惡狠狠的罵，「就是你娘那種不要臉的女人，才養出你這種不要臉的雜種……」

「暢元不要……」他的同窗趕緊阻止，卻已經來不及了。

大夥兒都知道，和張慎言怎麼吵怎麼鬧，都還有分寸。誰敢罵張慎言的娘……

來不及把話講完，慎言已經朝江暢元打了三四拳，眼睛已然通紅，死死咬著牙。其他同窗尖叫著要將他拉開，已經都挨了打，百忙中慎言還一拳搗向江暢元的太陽穴……

「夠了！」上善抓住他的胳臂，厲聲喝道，「學了拳腳是讓你下死手的嗎？你不想想自己，也想想你娘！」

他抓著慎言的胳臂，冷冷的看著哭嚷的孩子們，「你們就是這樣讀書的？辱罵別人娘親？書讀到狗肚子裡去了？」

眾頑童一哄而散，連被打得很慘的江暢元都連滾帶爬的跑了，只留下還抓著慎言胳臂的上善，還有一頭小毛驢和噴著響鼻的馬兒。

上善瞧了瞧慎言，亂鬥中他身上都是塵土，臉孔也不知道讓誰打了幾拳，嘴角都破了，流著鼻血，衣衫也被扯裂。

慎言低著頭，扯了扯自己胳臂，上善才鬆了手。他吸了吸鼻子，甕聲甕氣的說，「謝陸公子教誨，慎言錯了。」

他心裡立刻軟了下來。這點大的孩子，這樣壓抑自制，實在不容易。默默的扯出自己的手帕，替慎言擦了擦鼻血。

慎言拱了拱手，一跛一拐的去牽小毛驢。

「你這樣回去，豈不讓母親擔心？」上善聲音軟和，「不如跟我去整理一下。」

慎言想了想，有些不好意思，「可……可勞煩陸公子，不好。」

「這有什麼勞煩？」他笑了起來，心裡卻是更疼得緊。若紫娟好好的在家，他們孩子，也該這麼大了吧……「不過洗把臉、撢撢塵，費什麼事兒？」

慎言畢竟是個小孩兒，打架時英勇，可現在全身都疼得要哭出來。他一個人面對一大群同窗，當中還有幾個比他大，怎麼可能不害怕。

之前他吃過幾次暗虧，雖然學了點拳腳，但怎麼打得過一大群頑童。可他哭著回家，母親哭得比他還慘，總說不要上私塾了，請先生來教。可先生一旦知道母親是被休離的，都尋了這樣那樣的藉口辭館而去。

娘有什麼錯呢？他真的不明白。大家都以為他小，不記事兒，可他做了無數惡夢，就是夢見爹爹拽著娘的頭髮往地上死磕，一地的血。

明明是爹不好，為什麼大家都說娘不好？娘是哪裡不好了？

有陣子，他非常非常討厭叔叔伯伯，總覺得他們身上有鐵鏽似的血腥味。可眼前這個陸公子，卻沒有那種令人厭惡的氣息。

張了張嘴，慎言想道謝，卻未語淚先流。他忙著擦，眼淚和鼻血卻把袖子弄得髒兮兮。

上善把他抱上馬，將小毛驢的韁繩拿著，「坐穩了。」往繡莊的方向走去。

慎言哭了一會兒，有些訕訕的。但他不要丫頭幫他洗臉，自己挽了袖子洗了，還自己費力的梳頭綰髻。

上善也沒阻他，只是看他挽得吃力，才想到剛拎著他手臂似乎太用力了，很慎重的道歉，接過梳子幫他梳頭。

他畢竟沒有小孩，不知道怎麼跟小孩子相處。又心疼這個懂事的小公子，用的是溫和的平輩語氣，讓慎言不知不覺放下戒心，低頭讓他梳頭。

「小公子，我若使力大了，你可要說。」上善盡量輕手輕腳，可他從來沒做過這種伺候人的事情。

雖然被扯了幾次頭髮，慎言有些齜牙，可人家把他當男子漢，他也忍住了，梗著脖子說，「不疼！謝謝陸公子！」

「你喊我一聲陸叔叔好了。」上善不禁笑了，「十六歲中了秀才後，十二年沒捏酸文了，再來幾句公子，我要倒牙了。」

慎言抓了抓頭，嘿嘿傻笑，「……陸、陸叔叔。你也叫我慎言好了……不然跟我娘一樣，叫我言兒。」

「……言兒。」上善看著慎言穿著他的袍子，胖胖的臉龐帶著燦爛的笑，心底又酸又疼。想他今年都奔三的人了，膝下荒涼。

可他自己吃盡了庶子的苦頭，又怎麼捨得置妾侍讓自己的孩子吃苦。再娶的話，他這樣滿世界跑馬停不住的個性，只是平添深閨一怨婦，何苦又何必。

但現在，他真想要這樣一個孩子。他也有點懂，為什麼那麼艱難，又不是自己骨肉，劉娘子會硬頂著要把孩子留在身邊。

只是他不知道，慎言這句「叔叔」多麼難得。慎言在很小的時候目睹了父親的暴行，至此對所有青年男子都有嚴重的戒備。他讓母親帶著往老張家奔喪，他的兩個伯伯惡形惡狀，讓他的反感抵達最高點。

從此之後他都一本正經的喊人公子老爺，死都不肯喊叔叔伯伯。大家都只覺得這麼點大的孩子學著大人的禮數可愛又可笑，卻不知道他早熟而敏感的心底有著怎樣的傷痕。

但眼前這個溫和又尊重他的青年，讓他放下戒備，甘願喊他一聲叔叔。

「言兒，」上善又喚了一聲，「我讓繡娘去幫你補衣服了，你別急，很快的。先吃點東西吧。」他推了碟點心。

「謝謝陸叔叔。」他取了一塊芝麻酥，「那個，」他不太好意思，「不要補得太漂亮……我娘的針線……」他很大人的嘆口氣，「你知道的，人無完人。」

上善笑了起來，「你跟你娘感情倒好。」

「我娘除了針線很差勁外，真的很好，很好很好。」慎言拚命強調，「就是打人的時候很凶，飛眼刀的時候讓人打寒顫。可這不是她最可怕的地方……」他小小聲的湊近上善，「惹她生氣，她真的不給零用錢！」

舒了口氣，神情很凝重，「陸叔叔，你說可不可怕？」

上善拚命控制表情，嚴肅的點點頭，「爺們出門怎能沒點錢呢？的確可怕。」

「就是啊。」慎言很悲憤，「連要買張紙都得跟娘伸手拿，多難看。」

上善跟他聊了起來，聊到衣服送來，幫著慎言穿好還意猶未盡。索性騎馬載他回家，小毛驢在後頭溫順的跟著。

他從來不知道，他能跟個孩子聊這麼久。他兩個哥哥膝下各有一子，只覺得他們鬧得煩，從沒想過跟他們打交道。這麼個長得也不是很漂亮的小孩，卻這麼得他緣，連慎言說掏雞蛋被母雞追的事情都聽得津津有味。

大概是苦孩子都早熟懂事，他的母親也不是凡婦。不過聽到慎言說他娘自比孟母還異常得意，讓他笑出聲音。

「陸叔叔，我家到了。」慎言有些戀戀不捨的說。

這麼快？一個多時辰的路，一晃眼就過了。

「……這麼遠，你都自己來去？」他撫了撫慎言的頭。

「夏收了，李爺爺、孫爺爺、盧爺爺……」慎言扳著手指算，「連我娘都忙壞了，我自己可以的。而且小毛很乖，不用走路，已經很好了。」

「言兒，你是好孩子。」上善溫和的說，下馬把他抱下來。

「陸叔叔，你也跟我娘一樣好。」他小臉笑得燦若春花，「有空找我玩兒，我會下棋喔。」

看著慎言揮了揮手，牽了小毛驢進角門。上善笑了笑，卻覺得有些空落落的。原來有個孩子是這樣的感覺啊……

如果我有個孩子……

但他很快掐滅這種幻想。就算他娶妻生子……他大概也別想把孩子養在身邊。祖母一定會把孩子帶著養，當成一根掌握著他的風箏線。

這他是不好違抗的。一個孝字疊恩字，重逾千斤。

他有些蕭索的策馬回去，緩行成快步，最後狂奔起來。速度略略驅去了那種環繞不去的悶，回到臨陽鎮的時候，表情已經恢復平和。

陸封和一眾小廝迎了上來，上善淡笑，「可吐什麼出來了？沒傷了人命吧？」

「哪能呢？」陸封恭謹的回答，「一點皮肉傷，三五天就養得好。帳上虧損的銀子，限他十五天內補上。」

上善微微挑眉，「陸封，在陸家懶散了骨頭吧？幾時這樣意慈心軟了？」

陸封走上前兩步，低聲說，「回公子的話，若是咱們自家的，三天就讓他吐出來。吐不出來就讓他吐個幾盆血！可這又不是……」

上善滿意的點點頭，嘴裡卻說，「就算咱們家的，三天也太緊了不是？總要給人賣傢俬填空缺的期限……五天就差不多。」

「公子說得是。」陸封也笑了，「可公子，咱們兄弟窩在這麼點地方……實在閒得難受。」

上善沉默了會兒，嘆了口氣，「等陸貴回來，換你跑跑吧。不然坐吃山空也不是辦法，幾攤生意也不能放著不管。」

陸封想勸，可看到公子蹙了眉，知道他心底比兄弟們更憋屈，也就閉了嘴。

早知道就讓公子帶著行海去，不該勸下來。現在卡在開封真是無聊透頂。

可他們委屈，公子不是更委屈？難得公子今天笑得多了，他也機警的換了話題，「今天這小公子，還真是可愛。」

「是可愛。」上善笑了笑，「你家娘子和孩子接來沒有？咱們在開封還有得耽擱呢。」

「回公子，前天接來了。」陸封也笑開了花，「我家女人安頓了，想設個宴請公子賞光，粗茶淡飯的，您別嫌棄。」

「什麼話你，」上善嘆了口氣，「你也少跑那些不乾淨的地方，沒事惹你家娘子生氣。」

陸封摸著腦袋瓜笑，「年少不懂事，現在哪能呢？孩子都能叫爹了……」

「還有幾個兄弟的家眷也都接來吧。反正我也回不去別府，就安心住下，沒人住房子白放著壞了。幾時設宴，提前跟我說聲就是。」他拍了拍陸封的肩膀。

說起來，他很珍惜自己的人。名分上是主僕，事實上卻是兄弟。千里行商諸多凶險，都是彼此拉拔著過來的。

安頓幾年也沒什麼不好嘛，最少這些漢子能一家團圓，不會聚少離多。

只是人皆有家，他的家在哪呢？不免有些惆悵。

＊　＊　＊

隔了幾天，他又在近午時分，蹓躂到臨陽鎮。

自己也覺得好笑，只是這份好笑，在看到慎言眼中的驚喜，又平復了。小小的孩兒偎在他懷裡吱吱喳喳，有些怯怯的握著韁繩，滿眼興奮，心底就覺得舒服、安穩。

「言兒，你若喜歡馬兒，陸叔叔送你一匹小馬兒吧。」他脫口而出。

慎言卻搖搖頭，「娘說等我十歲，就攢錢幫我買一匹。」他回頭笑得燦爛，「不過還是謝謝陸叔叔。」

他眼神柔和下來，「提前有不好嗎？」

「娘不會收的。」慎言語氣有些失落，不過還是笑嘻嘻，「娘說現在買也不是擠不出錢，可是不知道年冬會不會一直這麼好。凡事都要有個預備嘛……我不會跟娘吵這個，我不想咱們家以後吃不飽。」

「你們家不至於吃不飽吧？」上善擰了眉。

「有的。」慎言露出些許驚懼，「那年發大水，娘抱我爬上屋頂……三天我只吃了一個饅頭……娘什麼都沒吃。很可怕，水裡有死人飄……後來水退了，還是只能喝稀飯，喝了很久很久……」

「在老家的時候？」上善有些心疼的摸摸他的頭。

慎言用力點頭，「那時孫爺爺他們都在莊子上，不能來。不知道是誰把大門鎖了，出不去。娘邊哭邊抱著我爬梯，雨好大……」他嘆了口氣，「娘就是愛哭。可看她哭，我就不敢哭了。她說我是家裡的頂樑柱，唯一的男子漢。」他挺了挺胸膛，「娘要靠我保護。」

孤兒寡母，心腹的家人被打發到莊子上，發大水沒人顧及他們，反而鎖了門。活著多麼艱辛。

「現在孫爺爺跟你們一起住了？」上善問。

「是呀。」慎言的表情放鬆了，「一切都好了。發大水，孫爺爺他們也會帶我們跑。」摸著慎言的頭髮，他不禁黯然。他發現，慎言是個心細的孩子，在他面前才露出童稚的模樣，在他母親面前，卻會硬撐著裝大人哄著他娘，知道要讓娘開心。

但慎言，也不過快滿八歲，因為他的娘是被休離出門的，他跟同窗的感情也好不起來，常常被欺負，竟連個朋友也沒有，只能跟他這個接近陌生人的「陸叔叔」說心事。

他不免有些苦澀的將自己慘澹的童年和這個投緣的孩子重疊了。

只是他也沒跟小孩子相處的經驗，只能乾巴巴的一有時間就去接他回家，和他聊聊行商時的千山萬水，奇特風俗，也不知道他聽不聽得懂。

可他知道，慎言是喜歡他的。看到他，小臉就發亮，讓他非常感動。

只是他們非親非故，不免引得人人側目，最後就有些不好聽的話傳了出來。結果還驚動了劉娘子。

讓上善頭疼的是，劉娘子下帖請他來家吃飯。

這是去還是不去呢？

陸公子上善，陷入了很深的煩惱。

惱到最後，他仔細看帖子，卻有些傻眼。具名的居然是「張慎言」。也就是說，是那個八歲大的孩子一本正經的下帖邀他吃飯，讓他一時之間有些哭笑不得。

但仔細想想，也是這個理。劉娘子門裡的男丁，也就這麼一個，雖說實在小了點。但跟他有交情的，也是這個小公子，說來是個小主子，設宴下帖，也尋摸不出什麼錯處。

他笑著把帖子給陸封看，他愣了一會兒也轉過彎來，噗嗤一聲，「這劉娘子倒心眼多。」

上善平和的問，「你怎麼看？」

這些日子公子的笑模樣多了，他心底有數，也去暗暗查了這家的底細。不論外在名聲，單論劉娘子的為人，倒是大夥兒說好的。尤其那些佃戶夥計，都爭著把自家女兒送去給劉娘子當丫頭。

開封城南雜貨鋪子的掌櫃奶奶翠麗就是劉娘子帶出來的丫頭，識字能算，能幹得出名兒，勤快又懂規矩，侍奉婆母至孝，娶了她後沒兩年，孩子也生了，房子也翻新了，還贖了整個鋪子出來，成了自家的。

這是個拔尖的，其他嫁出去的丫頭最少也溫順懂事，落落大方，沒讓人小瞧去。

從僕看主，這劉娘子就不是一般的，是個賢慧的正經人兒，才能帶出那麼好的丫頭，養出這麼個出色的小公子，難怪公子喜歡得跟自己兒子一樣。

「想來是母親關心孩子在外的交遊，想看看公子罷了。」陸封謹慎的回答。

上善啞然失笑，「這是把我跟言兒看成同輩兒呢。」

「也只能這樣看，劉娘子也是有難處的。」陸封也暗嘆了聲。

也是。上善默然片刻，「你親自去回拜帖吧，就說我定去叨擾。」

他知道慎言和他嫡母感情更勝親子，開口閉口都是我娘。劉娘子擔心孩子的朋友……還是個年紀這麼大的朋友，也是應該的。

原本他不太想去，實在是因為流言四起，很有些不好聽的。他這個當口跑去人家家裡作客，未免有瓜田李下之嫌，反給劉娘子添麻煩。

只是藏著掖著豈不是更像心底有鬼？既然言兒大大方方的具帖了，乾脆就明道兒過，就是投緣的忘年之交罷了。

當天他就裝扮合宜，正正經經的投帖拜友。門房是個臉上有疤，少了截胳臂的老漢，聲如洪鐘，卻客客氣氣，禮數周到的將他往裡讓，請他到大廳坐著。

這劉宅倒是標準莊戶人家的格局。前庭是個廣大的曬穀場，也就兩進院子，勉強隔個內外。大廳地上鋪的是青石磚，但看起來頗有年頭，只是打掃得乾乾淨淨，擦得錚亮。兩排椅子都是柳木打造的，不值什麼錢，但搭著土布軟墊，別有一種溫馨可喜的感覺。

坐在大廳，門房奉上一杯茶，看茶湯金黃，入口卻帶著淡淡麥香和絲毫蜂蜜味道，竟不是茶葉。

慎言扶著劉娘子前來，規規矩矩的見禮，上善雖然有些想笑，還是肅容拜見了「伯母」。

今天劉娘子倒是打扮得貴氣些，石青福字大掛，盤起雲髻，插著一根玉簪，倒有幾分貴婦人的模樣，生生老了幾歲。

只是他還記得她拎著齊眉棍的潑樣，只能生生把笑嚥進肚子裡。可她故作和藹的詢問勸菜，一副長輩模樣，真真要讓他繃不住。

食罷上茶，依足了禮數閒談幾句。原本就是走個禮數過場，看劉娘子從緊繃到放心，再三說慎言年幼懵懂，想來也是無事……

可一直擔足小心事的慎言卻看不穿大人的把戲，瞧娘只是拚命客套，怕娘真的不讓他和陸叔叔往來，心底真的急了，忍不住插嘴，「我才沒有不懂事！陸叔叔，你跟我娘說啊，說你沒有對我做奇怪的事情，也沒有亂摸！」

上善噴了半桌子的茶，劉娘子乾脆跌了手裡的茶盞。

一時之間，大廳靜悄悄的，連主人帶奴僕，個個連大氣都不透。

還是劉娘子身邊的四喜兒反應快，她勉強擠出個笑臉，「小公子，明兒該我講的《三字經》，有幾個典故我不懂呢，能不能請你跟四喜兒說說？」

「現在？」慎言有些吃驚了，看了看他娘，又看了看上善。「可是……」

上善也努力彎了彎嘴角，「言兒，我會跟你母親好好說。」只是說到那個「說」字，忍不住咬牙，袖裡的手也暗暗攢起拳頭。

劉娘子僵硬的笑了笑，「去吧，四喜兒頭回講學呢，幫幫她吧。」

四喜兒趕緊牽了還有些莫名其妙的慎言出去，整個大廳的氣氛凝重又尷尬。

「給他取了這麼個名字，怎麼還是口無遮攔。」劉娘子打破沉寂，撫著額。

「……上樑不正下樑歪！」上善幾乎從牙縫裡擠出字來，說的非常不客氣。

劉娘子默認了，深深一福，愁眉苦臉的，「我就這麼個兒子……」

「當陸某人是什麼東西!?」上善終於吼了出來，氣了一整個哆嗦。

「不就我不認識你嗎？」劉娘子也大聲了，「不然把你請來幹嘛？不就想看看我兒子的大朋友是怎麼樣的一個人……」

「婦人之見！而且還淺薄邪佞！妳怎麼可以教養言兒……」

「我養個兒子容易嗎？外頭壞人那麼多，我不替他小心替誰小心？……」

他們兩個開始撕破臉大吵特吵，身邊的人卻都呆了。陸封知道他家公子脾氣不算好，但表面平和，裝得那是一整個無懈可擊，謙謙君子，就沒跟人紅過臉。

劉娘子的丫頭家僕更是眼珠子都快掉出來。他們家小姐對外都是溫柔賢慧，說話輕輕慢慢，雖然知道她私底下有自言自語說胡話的毛病，也對規矩禮數嗤之以鼻，但她該裝的時候裝的挺道地，誰也捏不出錯來，又心計過人。連拎棍子出去打人都是千算萬算，還糊弄了個糊糊糊的拴馬石。平時更是個連罵人都懶的人，沒見她跟誰高過聲。

現在這兩個外表溫和的人卻有來有去的吵起架來，真讓兩幫人馬都矇了。

「妳這種身分，就該事事留心！」上善怒聲。

「我有什麼可以留心的。」劉娘子冷嗤，「我不做什麼就已經是谷底了，做什麼還能更低去？」

「妳就不想想言兒？」上善更火了。

「言兒姓張，我姓劉，有什麼相干？」劉娘子哼了一聲，「言兒若將來仕途有望，老張家自然會上趕著要把他入宗祠，到時候自然跟我一刀兩斷，一點兒壞名聲也沾不著。我現在需要做的，就是好好把他養大，好好保護他。既然撕破臉了，我倒要好好問問，你接近言兒是為什麼？」

上善瞪著她，卻見她一臉正氣、兩眼怒火，竟像是個護雛的母鷹。

他心裡一酸，說不出什麼滋味。眼前這女人居然甘願讓言兒認組歸宗……將來鳳冠霞披絕對不會是她的。

「沒為什麼。」他熄了火氣，「我不會有兒子，難得言兒和我投緣。」

劉娘子瞪圓了眼睛，卻把意思理解歪了。小心翼翼看著他面白無鬚，雖然聲音還是男嗓，莫非某部位已然不是……？那真是人間慘劇。

她湧起一股感同身受的悲傷，想想當初知道自己再不能生育的時候多麼難過。幸好她還有個貼心的言兒，不然真不知道怎麼熬日子。她現在終於能夠明白陸家三公子為什麼這麼疼愛言兒，自家生不出來，看著別人的乖小孩不免垂憐。

劉娘子倒了茶，細聲細氣，「陸三公子，是妾身誤會了。給您斟茶認錯。」

她挺著腰跟他吼，上善還能不弱氣勢，劉娘子突然軟和，倒讓他一整個狼狽起來，「劉娘子哪兒話，是陸某不該口出不遜，衝撞了劉娘子……」

劉娘子把茶擱在他几上，神情緩和許多，「言兒有您這樣一個忘年之交，是他的福氣，妾身也在此致謝。他上午要上學，可下午就在家。您若沒事，請來指點一下他的學業。」

為什麼突然講和了？上善摸不著頭緒。不過他還是聽懂了，劉娘子體諒他苦無兒的心。只是劉娘子一個下堂婦門前是非就多，他來不是添亂嗎？

「反正我名聲擺在那兒，就是這麼樣了。」劉娘子笑了笑，「只是於您名聲有礙。」

「……陸某連陸家宗祠都沒記上名號，又能有什麼名聲可言？」他自嘲著，拱手作禮，「那就多有打擾。」

最初上善還有忌諱，十天半個月才上門一次，也都是正正經經的持拜帖去拜望慎言，劉家人也都板得非常嚴肅，照規矩待客。

可來了幾次以後，劉家人先鬆懈了，每次看到他來也不再帶路，都請他直接進去找小公子，慎言也沒繃住禮節，直接拉著他去後院。在前面大廳板緊臉孔講禮數，這個八歲大的孩子也真的吃不消了，他娘早躲得不見人影，直言恕不奉陪。

劉家的規格是照莊戶人家走的，前面的大廳帶耳房幾乎沒人想住，都擠在不大的後院。劉娘子把後院的正房讓給慎言，自己獨住了一棟隱在竹林中的繡樓。其他男僕住在正房左右的耳房，婢女就住在繡樓樓下。

對上善來說，內外如此不防，很有點違和感，但劉娘子家裡就七八個僕人，反而有些感傷。但這份感傷漸漸轉成稀奇。

劉家有五名老僕，不是瘸子獨眼，就是刀疤斷胳臂，但氣質儼然強悍，雖然都年過半百，個個身強體壯，幹起活來毫不含糊。劉家母子也對這些老僕非常尊敬親密，慎言更是個個都喊爺爺，一點驕色也無。

後來他才知道，這些老僕都是當年打過倭寇的精兵，只是軍功被吞沒，肢體殘廢後非常落魄，在家鄉活不下去了，流落到開封行乞。有回因為有個老兄弟重病，孫爺爺去藥舖賒藥沒賒著，長跪不起。剛好讓打扮成僕婦外出買菜的劉娘子遇上了，一時好心幫他們請大夫。

他們也很有骨氣，就待在張家老宅外行乞，若有那潑皮無賴上門攪擾，都會打發掉。劉娘子乾脆就雇了他們當家僕，一直忠心耿耿。

只是慎言還小，不知道當時趙姨娘一心想治死劉娘子和慎言，硬把這些老家僕調去莊子上，才會發生那次發大水險些死在老宅裡的事情。

後來劉娘子被休，討要了自己所有心腹，現在這樣內外混居，也是因為她實在會害怕了，緊著這些老僕保護孤兒。

慎言不知道，但在深宅大院翻打滾爬出來的上善卻略能推測一二，不禁暗暗嘆息，更憐愛這個可憐的孩子。

既然內外混居，當然也常常和劉娘子碰面。大概是吵過了架，彼此就沒那麼生硬，見面也還能打個招呼笑一笑，後來也純粹當他是個擺設，沒刻意招呼過他。

漸漸的，上善沒事就愛往劉家跑。實在是那兒沒人把他當外人，擁有一種慵懶舒適的氣息。

他們家很有些稀奇古怪又舒服的東西，比方那個規模龐大的「鞦韆」。可以坐上四個人，當中還有張桌子。晃是沒辦法晃得太厲害，但可以在那兒輕晃著吃點心喝茶，是劉娘子和慎言最喜歡的地方，上面爬滿金銀藤，夏日沁涼。

剛開始他和劉娘子隔桌而坐，還有點不自在，也覺得四喜兒端來點心就在主母身邊坐下很沒規矩，但劉家就是這麼沒規矩，漸漸的他也入境隨俗，反而覺得舒服自在。

有時候慎言陪他坐，有時候會爬到他母親懷裡撒嬌，聽著他們娘倆鬥嘴，妙語如珠，他也跟著笑，有時也插幾句嘴。

恍恍惚惚，像是他曾經非常羨慕過的，家的感覺。

有時伴著慎言作窗課，他看書，兩邊竹窗高高的推開，涼蔭森森，窗外有著半畝葵花怒放，戴著草帽的劉娘子拿著剪子剪花，淡青衣裙，黃金花焰，相互輝映。後面瓦房的嬌嫩讀書聲，充滿熟蜜似的懶洋洋。

劉娘子的確別有胸襟。她在外擔了一個下堂婦的惡名，但附近的農戶商家爭著把自己女兒送來當丫頭。實在送來太多，她也不給月錢，一個月只給來幾天，還必須輪班。上午聽四喜兒分派作些家事，中午跟著廚房學做菜，下午就是讀書學算。

紙墨昂貴，所以這些小丫頭各有張紅漆小几，用筆沾水在几上學寫。教材更是讓他嘖嘖稱奇，竟是用大塊棉布刺繡大字，張掛於壁，一字字點著教，據說有好幾套，一套是《三字經》，一套是《百家姓》，還有一套《金剛經》。

這些小丫頭畢業考聽說就是要默著刺繡出一套《三字經》，一套《金剛經》，這可是將來的嫁妝，證明是劉家尊貴的丫頭。

「為什麼不教女誡呢？」他好奇的問。

劉娘子眼皮都不抬，淡淡的說，「教來做什麼？女誡是擺在心底的，有口無心有什麼用？不如教點實用的，能明白幾個字，看得懂帳冊，將來可以課讀自己的孩子，那就夠了。又沒女狀元可以考，學什麼女誡？」

他原沒有往心裡去，仔細想想卻覺得一凜。這些小門小戶的平民百姓，有這樣識字的母親，啟蒙就不用別人了，自己來也行。萬事追求實用的性子，也不至於養出百無一用的書生，將來的女兒也識字，自然也會學著刺繡《三字經》當嫁妝，又是個課子的材料。

幾代之後，開封文風必盛。

「什麼女子無才便是德，廢話連篇。」劉娘子冷哼一聲，呷了口菊花茶，「母弱則國羸。小孩子第一個接觸的對象就是母親，母親大字不識一個，錯失多少學習的良機？養於深閨，長於無知婦人之手，國險邦危。這就是男人幹的好事！」她撇了撇嘴，抬頭看到上善，這才發現竟然失口了。

在自己家裡，她這自言自語說胡話的毛病一直改不掉，畢竟她在家裡最放鬆。一時忘了最近家裡都有「外人」。想想剛剛的話，後背的冷汗都爬了起來。

「劉娘子，這樣的話可不要輕易出口。」上善語氣溫和，「不過您果然大有見識，恢弘大氣。」

她乾笑兩聲，「我、我去叫言兒起床，午覺也不要睡太久。」就落荒而逃了。

上善心底有些好笑。這麼有見識又沉穩的婦人，偶爾出現這樣驚慌失措的模樣，頗為有趣。

輕輕嘆了口氣，他坐在鞦韆上，心底有些沉。他也知道，不該這樣頻繁來訪，實在外面傳得非常不好聽了……甚至有人說劉娘子是他的外室。

但他實在依戀這樣溫馨安穩的氣息。每次回到陸家，都覺得非常難過、煩躁。祖母的敷衍，嫡長哥哥的敵視，兩個嫂子的各有算計，整個陸家一片烏煙瘴氣，找不到巴掌大的乾淨地方了。

前先時候兩個小侄子吵架，他去勸開，大侄子都敢對他跳腳，「你這宗祠沒名分的傢伙，膽敢管小爺的事！」

他覺得非常心痛。

祖母為了籠絡他，又把這件事情提出來了，但兩個嫡長哥哥都不同意，說是亡母遺命，不敢違背。

當初嫡母對他就非常防範，自從他中了秀才更是撒潑似的大吵大鬧，絕對不讓他入宗祠，連他放棄仕途都沒打消嫡母的疑慮，死前還盯著這點不放。所以到現在，他還沒有資格拜祭宗祠。

為什麼他還要為這樣的陸家做牛做馬呢？

這樣的念頭只是一閃即逝，卻不敢深想下去。他畢竟讀聖賢書，即使行商千里，還是個讀書人。孝道宗族觀念還是將他壓得死死的。

祖母年紀大了。他安慰自己，沒幾年好光景了。奉養她百年後，陸家就跟他沒關係了……他可以走得遠遠的，眼不見為淨……

但這樣的抑鬱，讓他控制不住隔三差五的往劉家跑。

只有在這裡，才能吸到一口乾淨的空氣。劉家人的笑臉，才覺得他不是孤單一個人。

但實在傳得太離譜了，他忍不住跟劉娘子道歉。

劉娘子一臉古怪的看著他，「你覺得我的名聲還能更差嗎？我家言兒喜歡你，你也疼他，這樣也滿好的。我還擔心他成長的過程沒個叔伯，被我養得太娘氣就不好了。」她偏頭想了想，「如果你很介意的話……」

「我不介意。」上善低低的說。

「那就沒事了。」劉娘子點點頭，繼續收葵瓜子，「言兒的朋友也是我的朋友。」

上善深深的吐出一口氣，像是這口煩悶已經快成癰腫，好容易才化解開來。

「是非終日有，不聽自然無哪。」劉娘子笑了笑，「言兒功課好像快做完了，讓他陪你下盤棋吧。我試驗的戚風蛋糕成了，等等端給你們吃。」

把我當孩子呢。上善暗笑。明明比他小了七八歲，卻老是這種「伯母」的口吻。

抬頭看她，依舊是淡青素服，連花兒都不繡一朵。也只綰了一根木釵，面上毫無脂粉，那條長長的疤灰白著，神情和眼神都是那樣淡淡的平靜。

這樣連清秀都勾不上邊的女子，卻擁有那種靈巧心計和非凡見識，讓她透出一股沉穩又瀟灑的氣質。

「我臉上有灰？」劉娘子擦了擦自己的臉頰，「在哪？」

這才驚覺盯著她太久了，上善覺得臉皮發熱，「沒……我在想有沒有什麼去疤的藥膏……」

劉娘子遮住自己的臉，有些不自然的別開頭，「我忘了……不好意思，噁心到你。」

「我、我不是那種意思！」上善大了聲音。

劉娘子乾笑兩聲，把草帽拉低，「我去廚房看看，別又把戚風蛋糕弄成了發糕。」轉身就走了。

這一走，兩天就沒看到她。上善有些悶，又覺得懊悔。女子豈有不珍惜自己容貌的，他那麼個見人說人話，見鬼說鬼話的奸商，怎麼哪壺不開提哪壺呢？

「陸叔叔，蛋糕不好吃嗎？」正在大快朵頤的慎言，看著魂不守舍的上善，大惑不解。

「好吃，當然好吃。」他趕緊掰了一塊放進嘴裡。其實他不喜歡甜食，但劉娘子作的戚風蛋糕卻不會一味死甜，而是引出所有蜂蜜的芳甘。

「娘說陸叔叔不喜歡甜食，所以不作那麼甜。」慎言澆了一匙蜂蜜，「可我比較喜歡甜一點。」

……她還會注意到我不吃甜食……等等，陸上善，你在想什麼？什麼齷齪心思！枉讀聖賢書啊！

他一個激靈，趕緊把滿臉傻笑收起來。那是言兒的嫡娘！

「……陸叔叔，你到底是怎麼了？」慎言看著他神色變幻莫測，整個擔心起來，「你跟我娘一樣，都生病了嗎？」

「你娘生病了？」上善一驚。

「是啊。」慎言低落起來，「四喜兒說，娘是心病。這幾天都看著鏡子哭，又吃不下飯。我說要找大夫，她又不肯……」

上善暗暗攢了拳頭，恨不得捶自己幾下。「言兒……你覺得你娘美嗎？」

「我娘當然是天底下最美的人。」慎言非常嚴肅認真的說，「她把頭髮放下來的時候可好看啦。」

把頭髮放下來……上善有些狼狽的揮去腦中邪惡的念頭，咳了一聲。「她臉上的疤，你會怕嗎？」

「才不會！」慎言叫了起來，「娘什麼地方都好看！」

「就是。」上善誘導著，「你娘臉上的疤，就像是帕子上的繡邊。沒了那道繡邊，還沒能這麼獨特呢。你想想，每個女人都臉上光光，就你娘有這麼道美麗的繡邊，多特別啊。」

「對欸。」慎言眉開眼笑，「我都沒想到。陸叔叔，我就這樣跟我娘說。」

他鬆了口氣，又有點忐忑。這話實在是……太輕薄無行。但他實在不希望他沒防頭的一句話，讓劉娘子撫鏡而泣。

不管多豁達，這道疤傷的不是臉龐，最嚴重的還是傷透了心吧？

不知道慎言怎麼轉達的，最少劉娘子沒躲著他了，雖然顏色上都淡淡的，也不太跟他說話……也比躲著他好。

既然沒有人在意流言，那就乾脆不要管好了。上善有些矛盾的用了招掩耳盜鈴，厚著臉皮熬了半年。

張家的族人上門來鬧過幾次，一心一意要押著劉娘子去沉塘。劉娘子懶懶的應付他們，「捉姦這回事呢，也講究個人證物證。我是弄大了肚子，還是被抓姦在床？等這些條件都符合，再來找我麻煩吧。」

張家族人攔著門痛罵她敗壞張家家風，劉娘子把眼睛瞪圓，「我姓劉，你們姓張，我跟你們沒半個銅板的關係！老孫，送客！」

結果一場混戰後，張家族人被打得落荒而逃，有幾個鼻血長流的還是劉娘子親自動的手。

說到這件事情，慎言得意洋洋，因為他也跟著打了幾下太平拳。上善有些啼笑皆非，又覺得心驚，他輕聲責怪慎言，「為什麼不給我送個信兒？太危險了。」

慎言搖搖頭，認真的看著上善，「陸叔叔，我是真心要當你的朋友，不是要利用你的。」

上善鼻根有些發酸，這樣懂事貼心的孩子。他還是皺眉，「朋友就是要互相幫助，你這樣說太見外了吧？何況事情由我而起……」

「不是不是，」慎言慌了，「陸叔叔，那是外面的人亂講，你不會不來了吧？你不要介意……我跟我娘都會武功，會把壞人打跑的，你不要放在心上……不要不來……」他的聲音都顫抖了。

雖說懵懵懂懂的恨著父親，但這個早熟的孩子還是有塊脆弱的心病。他還是渴望父愛，將滿腔的孺慕投射在陸叔叔身上。

雖然孫爺爺他們都疼著他，但他還是需要父親，那是不同的。家裡的人也都知道他的心事，所以才會格外友善的對待上善。

上善看他小臉的惶恐和脆弱，心裡擰疼擰疼的。「……怎麼會不來？恨不得天天來呢。只是你瞞著我有事都不說，我心裡難受著……孫爺爺他們年紀都大了，你跟你娘又能有什麼武功……」

「有呢，我娘會詠春拳。」慎言趕緊獻寶，「我娘都教我了，我每天都練得很勤喔！」

「……詠春拳？」上善有些發傻。

慎言拚命點頭，「娘說她以前覺得深宅大院沒什麼用武之地，可……」他神情黯淡下來，「可我爹……那個人差點打死了她，她才把荒廢的武功撿起來，還是得保護自己，不然怎麼保護我……」

上善有些發悶，他暗暗查過劉娘子的底細，劉娘子的娘家本來是京官世族，只是被牽連破敗，對這個下堂的女兒不聞不問。當初劉娘子嫁出來的時候，他們家比老張家鼎盛好些倍，劉娘子雖是庶出，也是養在深閨的弱女子。之後嫁到老張家，也是少奶奶，大門不出、二門不邁，又怎麼會有「荒廢的武功」呢？

他雖然不算頂尖高手，也是自幼習武的，但怎麼沒聽說有「詠春拳」這脈呢？

心底狐疑，他還是尋個機會跟不太搭理他的劉娘子問了，她卻噴了一口茶，差點嗆死。

「那、那是……」劉娘子期期艾艾的回答，「那是女人創的拳。我、我家奶娘教我的，只是圖個強身健體，防、防身用的……」

原來出於閨閣，難怪了。上善恍然大悟。以前看慎言打架，覺得他的拳腳纖巧，以為是年紀太小的關係，原來是因為閨閣拳法，所以才這麼秀氣。

「我、我去換壺茶。」劉娘子結巴著端起茶壺，差點絆倒，慌慌張張的跑了。

……就會個拳法，為什麼這麼慌張？

「娘說女人家打拳弄棍的，不賢良。」慎言倒是給了他一個答案。

……你娘都敢把人打得鼻血長流，還在乎賢不賢良嗎？

不過這件事情讓他深思很久，最後叫陸封調了一批護院過來，不住在劉家，只是日夜在圍牆外換班巡邏。劉娘子堅辭幾次都沒有結果，也就默認了。

當然，這樣的舉動，自然讓流言更猛烈。

可事實證明，流言也是有保鮮期的。尤其是當事人都一臉淡漠，既不解釋也不掩飾，該來就來，該走就走，根本毫無反應，講久了就沒意思了，漸漸習以為常，偶爾有人拿來說嘴，還會被嫌不夠新鮮，自然有更新鮮、更火爆的八卦可以取代。

到嚴冬來臨時，漸漸沒人講了，連張家族人都不來鬧了。原本想是不過是孤兒寡母，傭人又少，看起來好欺負，哪知道次次撞得頭破血流，又傍上陸家三少。明裡護院巡邏，暗裡又在生意上猛吃了幾個大虧，被陰得欲哭無淚，不消停也得消停。

只能在心裡罵幾句姦夫淫婦，再也不敢去招惹了。

上善使絆子也使得挺開心，老張家族人一消停下來，他還有點意猶未盡，巴不得他們多鬧些，好讓他消遣消遣……不免有點遺憾。

這天已是臘八，聽了陸貴的報帳，上善心情甚好，厚厚的打賞了他們一番，攜了禮單回陸家吃飯，連哥哥嫂嫂的明箭暗槍都沒能打壞他的心情，他想著，等飯後梳洗過，就暗暗把禮單奉給祖母，老人家身邊是該有的體己的。

他興沖沖的往祖母的主屋走去，剛好主屋側的寒梅遇雪更加精神，他沿著牆根玩賞一番，模模糊糊聽到主屋傳來幾句話，提到了他。

「……老三太不像話了，祖母你也不管管他！」大哥氣憤的說。

我能有多不像話？上善起了疑，悄悄的潛伏到窗下。

「澤兒，你呀，是個讀書人，許多彎彎道道你不懂。」祖母長嘆了一聲。

「這有什麼彎彎道道？」大哥很氣憤，「奶奶，您瞧瞧，都讓人當笑話講這麼久了！不正經娶房媳婦兒就算了，跟個有孩子的下堂婦廝混！您看看他把我們陸家的名聲敗壞成什麼樣兒了……」

祖母的聲音很淡然，「老三連宗祠都沒入，又怎麼敗壞陸家的名聲？」

「奶奶，這事兒您不要堵我，說什麼我也不會讓老三入宗祠！」大哥的聲音揚高。

「我也沒真要他入宗祠，不過是安安老三的心罷了。」祖母輕笑一聲，「所以說，你跟海兒都是讀書人，性子太直了。」

「原來如此！」大哥的聲音沁喜，又復遲疑，「可外面都認他是陸家三少，那些難聽話兒……」

「說就給他們說去，有什麼關係？」祖母又嘆氣，「到現在我還摸不清老三到底有多少家底，老三啊，陰沉著呢。讓他打理家業半年多來，他一分錢也不肯填進來。原本我想給他討房媳婦兒，也好攢緊他，後來想想也罷了，萬一討來的跟他同心，他有了岳家可以靠，豈不是反讓他算計這份家業？那就是偷雞不成蝕把米了。

「他要跟那下堂婦鬼混就由得他去好了，這樣開封就沒好家世的姑娘肯嫁他，省得他多分助力……你跟海兒都是讀書人，怎麼鬥得過老三那個奸滑的傢伙……」

上善站在窗下，只覺得全身幾乎要凍僵。卻不是因為風與雪，而是打從心底寒了上來。

……為什麼？我這一切……到底是為什麼？

他覺得無法呼吸，後面祖母和大哥謀劃著算計他的家底，都聽得模模糊糊。

為什麼他遵守孝道，闔家敬著，敬出這些歹意？

再也聽不下去，他悄悄的離開窗下，先是緩步，快走，然後施展輕功在雪地奔跑起來，搶到馬廄，不管小廝的呼喊，騎上他的馬，厲喝開角門，狂奔而去。

在雪地跑馬了幾刻，他才漸漸冷靜下來，只見雪地蒼涼，一抹蒼白的月彎嵌著黑絲絨似的天空，像是指甲掐出來的傷。

他的心好痛。

緩緩的回到別府，遠遠的看到陸家的小廝站在門口，看到他就叫著跑上來，心底翻起一股強烈的厭惡，轉身就縱馬走了。

最少今天晚上，他不要看到陸家的人。

可天下之大，他能去哪呢？

月光照得雪地通亮，他心不在焉的策馬，等他回過神來時，已經在劉家門口了。巡邏的護院看到他很詫異，上前行禮，他擺了擺手，順著劉家的圍牆緩馬慢行。

都亥時了，圍牆內靜悄悄的，想來所有人都睡下了。他總不好上去敲門。他對自己苦笑了一下，結果還是跑來這兒……但就算不能進去，順著牆根緩馬，也能讓他心情平靜許多。

可到底為什麼……他卻不敢去深想。

只是他不知道，這樣的孤月雪夜，也有個人睡不著，正擁著裘衣推窗獨酌。

劉娘子犯了頭疼，睡不穩，只好起來賞月。這是當初那頓暴打留下來的病根，她猜是顱內有些不要緊的地方瘀了很小的血塊，壓迫到神經，動不動就鬧頭疼。

這些針刺似的痛苦，總是一再提醒她想遺忘的往事。怎麼從劉家那樣吃人的後院，嫁到更吃人、更陰暗的張家。

算一算，她居然熬了十一年，沒瘋也沒死。真的……不能要求更多了。

飲下一杯酒，卻沒有絲毫醉意。果然這樣喝酒止疼，把酒量練出來了……可她還是不喜歡酒。

一陣馬蹄聲打破了她的冥思，冬天萬物枯萎，她的繡樓高，可以看得很遠。她又坐了大半夜，眼睛已經適應了黑暗，瞇著眼，她瞧著騎著馬低著頭的人……

陸上善？

剛好陸上善抬頭，正好和探出半個身子的她對了眼。

這種凍破皮的嚴冬夜晚，他出來遛什麼馬？

上善有些尷尬的和她點點頭，劉娘子氣得有些半昏。他那臉都青了，連個披風都沒穿。劉娘子嚴厲的指了指西南方的角門，點了燈，起身穿上大衣裳，披上猩紅披風，又隨手拿了件藏青的，就下樓一腳深一腳淺的跑去開了角門。

「想凍破你的皮？」她沒好氣的罵，「下來！連你的馬都要凍死了！自己牽去馬廄！」

上善張了張嘴，還是沒有說什麼，只是乖乖的下馬，劉娘子立刻抖開藏青披風，披在他身上，「這種天氣也只穿這點衣服？凍死你！」一面繫帶子，一面罵著，「發什麼呆呢？算了，我牽去吧……」

「我來。」上善低低的說，還帶著鼻音。熟門熟路的牽著馬去馬廄，安頓好了，有些手足無措的看著劉娘子。

這時間要把這個大活人安頓去哪？劉娘子有點犯難。想想小丫頭們都讓他們放了年假，繡樓下沒人住，暫且安置吧……不然大半夜的把大傢伙吵醒，這麼冷的天，老的老、小的小，不凍出個好歹來？

「別吵醒人，跟我來。」劉娘子放輕了聲音，「來了你也好歹叫個門，在外面遛什麼馬？凍不死你？」

「……我看你們都睡了。」

劉娘子又好笑又好氣。她雖然不太和上善講話，但兩耳早被慎言塞滿了陸叔叔。知道他在陸家處境很慘，標準奴工，還是那種逃不掉的。他沒事就跑來，喜歡言兒是真的……希冀一點家庭的溫暖，也是真的。

雖然是個奔三的男人，在她心底，還是比她小很多……只是這時代規矩禮法多如牛毛，煩不勝煩，即使她把上善和言兒看成同一輩的，也不好跟他多講話。只是看到這麼不懂事的凍青了臉，她就打從心底生氣，不免壓抑不住本性的罵了幾句。

可這個跟她吵過架的男人，卻一句也不吭的任她罵，眉宇間盡是慘澹。

「哎，算了。」她嘆氣，「來。」引著他往繡樓去，結果他頓在繡樓前又不走了，真把她氣個哆嗦。

「我不會對你怎麼樣！」她惡狠狠的低聲說，「只是不想讓你凍死在我家院子！」

上善訕訕的，默默的隨她進了繡樓。一進門，她就招呼他到樓下的小房間，「這原本是丫頭們住的，陸公子，你委屈一夜吧。」就忙著起火盆，點起火爐燒開水，又提了一個籃子進來，在火吊子上面熬粥，還遞了半壺酒給他，「先暖暖身子。」

「勞您了，劉娘子。」他低低的說，喝了幾口酒，發青的臉孔才透出一點紅暈。

「我記得丫頭幫老孫他們做了衣服，我去翻一下……」她又去隔壁翻箱倒櫃，捧了幾件棉衣過來，「去屏風後面換了……只找到襪子沒有鞋，你將就一下吧。」

等他換了一身乾爽，不太好意思的踩著襪子進來，劉娘子正攪著火吊子上的白粥，正往裡頭倒乾豆子。火光將她的臉龐映紅，灰白的疤顯得更嬌豔，草草挽上的髮髻鬆散，專心一致的模樣，不知道為什麼，讓他覺得……

很美。

「凍傻了？」劉娘子一抬頭，看他一臉傻樣，笑了出來，「坐著烤火吧，粥快好了。幸好我常失眠，繡樓裡藏著米和些雜糧醬料。不然這麼晚了，還真不知道拿什麼給你吃。跑去廚房，又怕吵醒人……」

「實在抱歉。這麼晚來打擾……」上善低聲說。

「受了氣是吧？」劉娘子一臉淡然，舀了碗粥，滴了幾滴麻油，「不是沒處去，也不會在我家門外蹓躂。」

上善沒有說話，只是接過了碗，小口小口的喝。一個晚上的心痛，像是讓滾燙的粥治癒、撫平了。

劉娘子一臉平和的泡茶，待他吃完了粥，又奉上茶。「烤著火容易燥，這是青草茶，喝點兒，比較好睡。」

「劉娘子怎麼這麼晚還沒睡？」他搭訕著。

「老毛病，頭疼。」劉娘子淡淡的說，「你呢？受了什麼氣了？」

握著溫暖的杯子，不知道為什麼，他有些蒼涼的傾吐，居然什麼都對這個不太熟的劉娘子說。

她專注的聽，最後有些苦澀的笑了笑，「我不太會安慰人……但你若想哭，哭一下也是無妨。」

上善變色了，微微有些發怒。堂堂七尺以上男子漢，怎麼可以隨便掉眼淚?!

「雖說男兒有淚不輕彈……只是未到傷心處。」劉娘子蕭索的說。

鼻子一酸，兩行熱淚居然潸然而下。劉娘子輕輕拍了拍他的肩膀，溫柔的說，「苦了你啦……血緣關係就是這麼暴力。早知道遠勝於晚知道。問心無愧就好了……不是只有血緣關係才是親人啊，言兒多仰慕你，你還有個好侄兒呢……」

扯著她的袖子，上善放聲哭了起來。這麼多年的孤苦，對親情的渴望和絕望。那種打從心底和骨子裡湧上來的無力和發冷，無處可容身的悲哀……

隨著些微酒意一起傾洩了。

看他哭到睡著，劉娘子心底輕嘆，把自己的袖子扯回來，幫他蓋好被子，又添了幾塊炭。

誰都有自己心底脆弱的傷痕，大男人也不例外啊……她帶上門，爬回樓上，細心的拴上二樓的門。大概是累了，倒在床上就睡著了。

第二天一睡醒，上善抱著腦袋，呻吟了一聲。

他酒量極淺，酒品更差。喝醉了就控制不住的說胡話扯人袖子。來往的故交都怕了他這習性，自己也克制，很少有喝醉的時候。

不幸的是，他昨晚說了些啥都記得清清楚楚，糗得不敢起床，面著牆躺著。

「陸爺，您可醒了沒有？」四喜兒的聲音在門外響起，「給您送熱水了。」

他深呼吸了幾次，拿出畢生修為將臉皮弄得平靜異常，起身開門，「醒了，勞煩四喜姑娘。」

四喜兒恭恭敬敬的福了福，低著頭，「咱們家人少，沒人伺候。姑娘說，請陸爺體諒我們小門小戶。四喜兒還得去廚房搭把手，就煩您了。過一刻就可吃早飯。」

「四喜姑娘太客氣了。」他趕緊接過那桶熱水，自己梳洗了。他倒是聽過慎言說過，他和劉娘子都不讓人近身伺候，刷牙洗臉穿衣之類的，都是自己動手。

……劉娘子倒沒把他當外人。昨晚說了半宿的胡話，看起來也沒生氣。

昨夜烘著的靴子已經乾了，他穿上靴子，若無其事的步出繡樓，讓慎言瞪圓了眼睛，瞧了瞧他，又瞧了瞧一臉愛睏的母親。

他扯了扯母親的袖子，「……娘，我、我該不該改口？」

劉娘子臉孔抽搐了兩下，賞了他一個老大爆栗，「你陸叔叔來得太晚，怕吵到你們睡覺，在樓下睡了一宿。」

上善泰然自若的臉孔也跟著抽搐了。輕咳一聲，「多謝劉娘子收留，不然昨晚真要凍死在外頭了。」

「陸叔叔，你為什麼那麼晚來？」慎言好奇的問。

劉家吃飯是全家一起吃的。若不是家僕堅持，劉娘子真的會同桌而食。現在吃早飯的時間，劉娘子帶著慎言和上善在小圓桌上吃，家僕另開一桌，在大圓桌上吃。慎言這一問，全家十來雙眼睛都盯著上善，把他看得全身發毛。

「……每逢佳節倍思親。想念言兒，就來了。」上善貌似淡然的說。

底下一片大小咳嗽聲，還有人偷笑，上善繃得雖好，耳朵還是有點發燒。可慎言畢竟還小，眉開眼笑的朝上善碗裡布香腸，「陸叔叔嘗看看，我娘做的，可好吃了！」

上善笑著用了早餐，卻不知道他的性命險險的在鬼門關前走了一圈。一大早知道上善夜宿繡樓，孫伯扛了大刀片子就要去梟首，還是被趙伯死死的勸了下來。

「你也動動腦子，」趙伯罵了，「若是姑娘不願意，放火燒屋都鬧得出大動靜，哪能這樣悄然無聲?!再看看吧……姑娘是個有主意的，若她說句砍了，我再去背這條人命！」

結果看到劉娘子面色如常（的愛睏），上善又和慎言這樣問答，這些老家僕不免理解得非常偏斜。家裡人從此不稱陸公子，直稱陸爺了……若是可以，還想直接稱姑爺，只是怕臊了個性孤拐的劉娘子。

之後上善更在家裡住下，拿出兩百兩當食宿費用，還差人拿了行李來，更讓他們認定了陸爺是打算當上門女婿的，態度更是緩和恭敬。

只是他們也納悶，為什麼劉娘子把陸爺安置在小公子住的正房，又不提親事。心裡可真是急呀，可兩個當事人都一副沒我事的模樣，真真皇帝不急急死太監。

事實上真的完全是誤會又誤會。

上善實在不想見陸家人，回別府不免要被騷擾，乾脆在劉家住幾天。那天他悲憤傷心的孤夜出府，陸家祖母和他大哥就知道事情不好了，必是他聽見了什麼，才忙遣人去別府堵人，人沒堵到反而跑了，更坐實了這種猜測。

派人來劉家，劉家的門房凶惡又不賣帳，就算陸家祖母有心遣他大哥來打親情牌，也不扯不下臉皮去砸張家下堂婦的門……何況內有劉僕凶惡，外有護院揮刀子，只能在家乾著急，連個年都不能好生過。

至於劉娘子，她早就誤會到頂天。雖然她厭惡男子，可在她眼底，陸家三少不但身世堪憐，還有「不男人」的悲催可能。女人總是心軟的，養了言兒更激發了強大的母性。雖然在陸家的推波助瀾下，硬把她派成寡廉鮮恥的狐狸精外室，反而激出她的反骨，留下陸家三少。

反正他也幹不出什麼事兒來，在家裡散散心也沒什麼。

只是在多重誤會中，樂了慎言。陸叔叔天天陪著他，娘親對陸叔叔也和顏悅色，很有一家人的味道。可憐他到這麼大了，才享受到完整的天倫之樂。

原本上善只想住個幾天，一住下來卻不想走了。

他和慎言一起住在正房，只用個碧紗櫥分隔內外。天不亮慎言就起床了，拉著他去活動筋骨，劉娘子若不鬧病痛也會去曬穀場，孫伯他們早就在那兒耍大刀片子或長槍了。

上善的父親頗有遠見，膝下三個兒子，倒有意培養個文武雙全，不但請了教書的先生，也請了武師來教導。但兩個嫡長哥哥都怕苦，只願讀書，便宜了上善。雖然武師較善於內家功夫，外家功夫實在稀鬆平常，但再平常的功夫也架不住勤習苦練，十幾年來，上善雖算不上頂尖，也算把好手，不然千里行商也不能保住自己周全。

劉家喜武的風氣倒合了他，劉娘子和慎言打豎起來的板凳，他在一旁舞劍，倒也頗熱鬧。

等天大亮了，全家聚在一起吃飯，通常他和慎言去書房讀書練字，劉娘子和家僕各有活兒要幹。

只是越住就越不想走了。

原本他以為劉娘子生活簡樸，卻沒想到她在細處異常講究。光沐浴就占了一個大澡堂，還設計了一個奇模怪樣的鐵爐子燒水，燒好一爐全家大小都能洗上澡。這麼冷的天，劉娘子和慎言還是天天洗澡，幾天就要洗次頭。那澡堂更是耗費人工的鋪著青石磚，不用浴盆，而是一個青石池子。隔三差五的，就用長柄鬃刷刷洗。

就算皇帝也不見得這麼講究。

連個茅房都非常精緻，引渠灌水的，日夜沖刷。天冷成凍，澡堂用過的熱水另有溝渠通到這邊，照樣沖得乾乾淨淨。

聽慎言說，這都是他娘設計的，更讓上善大吃一驚。抬頭看看，劉家連件值錢的傢俬都沒有，除了必要的桌床凳椅，可說家徒四壁。劉娘子卻耗費大量銀錢圖這麼點乾淨和享受。

他的奸商個性立刻爬了起來，這該值多少銀子……

「免談。」劉娘子淡淡的打破他的夢想，「這些是不賣的。」

「劉娘子，若這些成套成套的賣，妳和言兒的後半生就衣食無憂……甚至可以豪富一方。」

「我要豪富一方幹嘛？」她笑了笑，「若說衣食無憂，眼下又不會餓肚子。我呢，吃不起苦，才搗鼓這些……但絕對不能賣。我一家污染環境有限，若是推展開來，又沒個完善的地下水系統……能有錢買我這兒的，應該都是城裡的豪門巨戶。坦白講，一個弄不好，就會瘟疫四起。我總不能賺這種黑心錢吧？」

坦白說，有一半多上善都聽不懂。劉娘子足足跟他解釋了兩天，又跟他扯什麼黑死病、霍亂的，聽得他找不到北，還是慎言跟他娘溝通比較有經驗，才勉強翻譯得懂了。

只是他怔忪許久，愣愣的看著劉娘子，心底翻江倒海。「……妳從何習來……」

劉娘子垂下眼簾，「奇技淫巧而已，不足掛齒。」她輕笑聲，「半輩子都在深宅大院熬著，我的女紅又不好，不琢磨這些玩意兒，長夜漫漫，怎麼熬日子？」

靈慧若此，怎奈命運如此惡待。

「這話，我再不提了。」上善低聲說。

劉娘子抬眼對他一笑，孤清若淡月之菊，讓他心頭又酸楚又漲痛，竟不知道是什麼滋味。

* * *

這是上善生平最熱鬧的年。

劉娘子不懸字畫、不置古董，家裡插花的花器居然是大大小小的甕，她喜歡收集的是便宜得要命的瓷碗陶碗，拿來擺糕餅瓜果，甚至拿來替代燭台。據說自己還能朝碗畫上幾筆。

說她生性簡樸到家徒四壁的程度，沒有人會否認。

但是除夕夜她卻捨得花大筆的銀錢買富貴人家才玩得起的煙火，在曬穀場放給全家人看，連張家莊的人都跟著沾光。

雖然陸家不缺這個，但他在陸家，就像個多出來的人，融不進那富貴融洽的全家團圓，再多煙火也只是「燈火寥落處」；但在這個小門小戶中，卻是分外溫暖喜氣……他和慎言包辦了所有煙火點燃，仰首盡是燦爛輝煌。

最後全家都擠在大廳烤火說笑，行酒令、划酒拳。劉娘子用女兒紅做底，兌水下柑橘汁，弄了一缸，稱之「雞尾酒」，蜜甜甜的，連女人家都可以放量喝，不怕醉。

他酒量差，喝這種蜜汁兒的酒水也紅透了臉，笑嘻嘻的問劉娘子，「可我撈了半天，撈不著雞尾。雞尾在哪？」

劉娘子淺嘗一口，「讓言兒把雞毛撣子拿給你。上頭的雞毛都是雞尾拔的，你將就吧。」

一屋子的人都笑了。慎言也喝了一杯，有些暈頭轉向，爬到劉娘子的懷裡，抱著脖子傻笑，「娘，過年不興請家法的。」

劉娘子笑著摟緊了他，在他胖臉兒上蹭了蹭。有些醉意的上善在劉娘子旁邊的椅子坐下，瞇著眼看他們母子親暱，心底暖暖的，卻沒注意他占了上座。

劉家的人全裝作沒看到，只互相擠眼兒，吆喝著搗鼓完了那缸雞尾酒。鬧到三更才漸漸去歇，人人走路連飄帶晃，也就劉娘子清醒些。但她要抱睡熟的慎言回房，卻讓上善硬搶了去，踉踉蹌蹌的抱回主屋，倒在慎言的床上就爬不起來了。

怕他摔了慎言的劉娘子無言的跟進去，怎麼叫都叫不醒，只好幫一大一小脫了鞋，哄著淨了臉，連拽帶拉的安頓好，替他們蓋好了被子，撥了火盆，確定火吊子上有熱茶溫著。才一間間的巡邏一遍，裡裡外外看查門戶，才回繡樓睡下。

大年初一，佃戶紛紛來拜年，劉家個個穿新衣戴新帽，連上善都有一身燦新，足足熱鬧到元宵節才消停。

元宵那天，滴水成冰。但劉家沒紮花燈兒，卻用竹蔑兒紮雛形，在曬穀場澆了十來盞花燈，開了大門由著村人來觀看，一片琉璃世界。冰燈上頭同樣也掛燈謎，備下許多彩禮，燈謎雅俗共賞，大半出自劉娘子之手，熱鬧到二更才散。

他不禁覺得，劉娘子在這細緻的地方很懂得怎麼過日子、找意趣。

大概是鬧得晚了，錯過了睏，慎言已經睡得打貓咪呼嚕，他卻睜著眼睛睡不著。坐起來想看兩頁書，卻見窗紙上影影綽綽，鼻端飄來悠然清香。

後院裡那樹蠟梅開了吧？

他穿了大衣裳，披了披風，沿著迴廊走去。舉首月如銀盤，雪光月影輝映，宛如水晶琉璃妝點，空氣清冷乾淨，萬籟悄然，恍如不在人間。

踏著沙沙的新雪，暗香浮動，越來越明晰。若他沒記錯，那樹蠟梅在荷池之西，小拱橋之側。

但他第一眼不是看到欲焚天際的火紅傲梅，而是站在枯澀荷池、拱橋之上的散髮女子。

只見她身穿奇異胡服外套，窄袖束腰，無帶無絆，一身漆黑，襯得臉和手越發蒼白。長髮飄然，立在半凍的荷池之上，火梅之下，竟是如此惹眼，宛若一抹孤傲的豔魂。

待她抬頭看來，月光染得半面皎潔，陰影中長疤卻微微發亮。

美得如此淒涼。

那氛圍，竟是這樣壓迫的悽楚。

直到她一笑，「陸公子怎麼出來吹冷風？」才打破那種窒息般的氛圍。

「劉娘子不是有頭痛症？」上善暗暗鬆了口氣，「才不該出來吹冷風呢。」

「就是頭痛才出來走走，不然也是白躺著。」劉娘子漫應，「這樹蠟梅總是開得晚。」

「我也是讓梅香勾來的。」等他知覺的時候，已經步上拱橋。四下無人，瓜田李下。其實他不該在這裡。雖然覺得很不妥，但他就是挪不開步子。明明沒有姿色，明明她還是個孩子的母親。

暗暗嘆口氣，他真不知道為什麼……只是怔怔的看著她，漾著浮動的暗香盈滿。

劉娘子發覺他的注視，輕輕笑著，「覺得我的胡服很奇怪？」

他才驚覺自己盯得太久，「……跑遍大江南北，從沒見過。」

「類似的應該有……這叫『大衣』。」劉娘子淡淡的說，「穿這個不用再加披風，行動也方便。你若看得上，我讓四喜兒裁件給你……只別送人了。有些配件不好流出去。」她瞥了上善一眼，「更不能拿去賣錢。」

「……什麼地方如此值錢？」上善感興趣了。

她解了袖口，跟他解釋何為「鈕釦」。上善吃了一驚，心底琢磨，這的確……方便極了。一會兒他就想出無數應用，巨大商機啊！

「……這價值千金。」他勉強穩了穩心神。

「太容易仿冒了。」劉娘子搖搖頭，「流出去沒多久……恐怕會……改變服飾的潮流……」

她的聲音低下來，自言自語似的，「這改變不該從我手底出來。」

沒錯。但他實在無法抗拒這商機的誘惑。「這不會污染……環、環境。」

劉娘子古怪的看著他，沁了半個笑，「也對。你喜歡就拿去用吧。」

「……劉娘子委實聰慧過人。」盯著她的袖釦，上善打從心底驚嘆。

「這個？」她輕笑，「這算什麼……也不是我的功勞。」微微惆悵的說，「女人還是笨一點的好。長得漂亮，能夠討好男人，就好。」她低聲，「聰明，有什麼用……」

「妳肯討好男人嗎？」

沉默了片刻，劉娘子苦笑起來，「本來肯……但肯又沒有用，所以不肯了。女人還是需要漂亮好看，從古到今……尤其是你們……」她啞然了，「我是說，婦容是四德之一，不是麼？不好看就是失德婦人。」

「這是曲解吧？」上善覺得不舒服，「劉娘子一竿子打翻一船人，不是每個男子都如此。」

氣氛一下冷了下來，劉娘子望著一樹嫣紅不語，上善也有些懊悔口快。

「『上善若水。水善利萬物而不爭。』。是老子《道德經》裡的吧？」劉娘子含笑的問，「家人對你有很大的期望啊。」

「出處沒錯，卻不是這樣的意思。」上善配合她轉話題，「這名字是嫡母所賜。我是姨娘所生庶子，又最幼。嫡母是提醒我『不爭』。」

安靜了會兒，「深宅大院就是屍山血海啊。」劉娘子輕輕的說，「最少還有名字呢。我無名也無字，我娘雖是正室，卻懦弱的緊，連名字都不敢私取。」

「……總有個稱呼吧？」

「有啊，在家的時候，因為我行十四，所以稱十四。出嫁以後，我是劉氏少夫人。下堂以後，我就叫劉娘子。」

「……出嫁總會有字吧？」

劉娘子出神了一會兒，慢慢的說，「劉三公子是主家，我只是代他管理後院的大掌櫃。你聽過主家替大掌櫃取字的麼?」她自嘲的說,聲音很平靜,看上善神情惻然,她輕快的說,「沒關係,言兒長大,我讓他給我取個字或號。這大概沒違背你們的規則太遠吧?無夫從子嘛。」

提到慎言,氣氛就緩和了。兩個人眉開眼笑的說著慎言的瑣事,商量著他的未來,原本有些悽楚的氛圍因此溫暖起來。

可能是梅綻月夜,讓人的心防降低許多。一向不太跟他講話的劉娘子,也跟他有問有答,如此融洽。

直到劉娘子打了幾個噴嚏,上善才依依不捨的告別。

回到房裡躺下,望著帳頂。他覺得,女人還是聰明點的好。他和前妻,似乎從來沒有好好講過話。

很快的,上善睡著了。夢裡似乎還飄盪著暗香浮動的氣味,縈然不散。

* * *

可劉家過得如此熱鬧快活,陸家卻一片淒風苦雨。之前三節,自從上善回來主事，陸家正牌主子都裝聾作啞，帳面給的銀子只是個擺設，上善都默默自己填些體己進去才能過得體面。

他這麼一甩手，這個年逼得大嫂告病，二嫂砸傢伙，祖母從公中掏錢出來過，心疼得差點發病。原想撐過這個年就罷了，誰知道上善這一去如泥牛入海，大有一去不回頭的跡象，春暖花開麥苗青的陽春三月，居然還無影無蹤，上上下下真的慌神了。

但陸家鋪子掌櫃和莊頭，一看這個鎮海夜叉甩手不幹了，個個額手稱慶，上下其手，明貪暗偷，沒幾個月，就漸漸虧空上來。

陸家祖母心底那個急啊，只好打發人去告訴上善她重病，但三公子沒請回來，卻帶回來十個大夫，亂著請脈開方。派重孫去請叔叔回家，卻吃了十來個閉門羹，不是說訪友，就是生病。

不管那兩個嫡親哥哥是怎樣自恃讀書人的身分，還是硬著頭皮去了下堂婦的門首，低聲下氣的去接「三弟」。

這次上善倒是見他們了，卻只是一笑，「大哥、二哥，家裡這麼缺大管事？

那我讓陸封去打理吧。年前多病至今，耽誤家裡的事了。只是大夫要我多調養，怕過了病氣給老太太，請大哥、二哥代為請安吧。」

陸家二公子脾氣暴躁，看他紅光滿面的假惺惺，拍案暴跳了起來，「陸家乾淨地方你不養病，在你這外室的骯髒所在能養什麼病?!」

上善臉上還帶笑，只是眼神冷了，「二哥這話就太過了，有失讀書人風範。名節問題，還是不要妄言的好。」他頓了頓，「我突然想起，陸封得下廣州一趟，沒辦法幫著打理了。不如等我養個三五個月，身子好了，再來調理家裡的事吧。」

……到那時得損失多少銀子啊？陸家大公子慌了，喝斥了二公子，擠出笑來，「三弟有恙在身，是該好好調養……只是你知道的，家裡沒個好使的管事，個個都是奸滑之輩。我和二弟都是讀書人，不善理財，祖母年紀又大了……」他面露戚容，「不看咱們的爹娘，也看在多病的祖母份上吧……」

「陸家家大業大，哪至於就如此了。小弟駑鈍，早就覺得不堪大任。」上善嘆了口氣，「那就讓陸封別去廣州了，小弟病中，由他代為行事吧。」

陸家大公子勸了兩句，知道這是能爭到最好的結果了。上善身邊幾個能幹又忠心的大管事早讓他眼紅得要命，暗暗挖過牆角，誰知道人家巍然如山，毫不動心。

家裡用的管事，不是自己娘子的人，就是二弟妹的人，有的還是祖母的人，只知道往自己懷裡摟銀子，別的啥都不會。

他也鬧頭疼。若是老三對那番話大吵大鬧，他倒還能好好安撫，可他又一句不提，只說病了。你總不能要個「病人」去打理家業吧？

他肯借臂膀出來，表示老三不會坐視不管了，先熬過眼前再說。

最後大公子和二公子灰溜溜的退兵，陸封謹照他們家公子的吩咐：「別虧錢，敲打敲打，帳上過得去就行」，倒是讓陸家消停了下來。

只是表面消停，流言突然更為旺盛，說陸家三少拋家棄養，忤逆祖母，滯留外室家，迷戀女色。

上善聽了陸封的報告，冷笑一聲，「接著大概要學官革我功名了……你去打點一下。雖說秀才功名沒啥，但也免賦稅繇役對不？……」他想了想，「你等等，我去找一下劉娘子。」

他尋了劉娘子，先慎重一揖，「劉娘子，我厚顏在此滯留，很給妳帶來麻煩，實在抱歉……」

帶著人養護她寶貝芍藥的劉娘子眼皮都不抬，「你付了房租和伙食費，抱什麼歉？再說一句，我連銀子帶行李還有你的馬，一起扔過牆出去！」

上善不禁彎了彎唇角，「可劉娘子，學官那兒……」

她終於捨得抬頭，「你去打個租契，我簽名蓋章就是。」

跟聰明人講話，就是這樣伶俐。他笑應了，進屋寫了租契，劉娘子淨了手，接過看了看，簽名蓋章，擺手不讓他謝，又走了。

陸封把事情辦得很妥當，學官沒話兒，反而把來說事的人斥責了一頓。他笑著回報時，上善也諷刺的笑了。陸家是沒個好人……可個個缺心眼，玩起來頗沒勁兒，更不足為患。

這坎兒過了，上善很是舒心。但是劉娘子接到一封信後，卻鬱鬱寡歡，連飯都沒多吃。

這段日子以來，雖說劉娘子待上善還是淡淡的，卻融洽許多，願意多與他說話，也全無禮數可言。上善從沒想過能跟個婦道人家為友，可現在他也不得不承認，他這樣孤拐不合時宜的人，卻和這個聰慧近乎妖的劉娘子最合得來。

只是他不知道劉娘子根本就是誤會到海角天邊，才與他相友善。劉娘子卡了個超越時代的博廣卻吃盡苦頭的前世，可少喝了碗孟婆湯；今生卻更是從屍山血海的深宅大院爬出來，僅以身免。

說起來，她厭惡男子多變薄倖，卻也厭惡女子自私爭寵。到最後只能把自己摘出來，盡量修心養性，求個乾淨了。她雖然護短，愛惜身邊的家僕，疼愛形同孤兒的庶子，但為了怕身邊人為她擔心，許多心事就只能積在心底自苦，為了一個精神上的潔癖孤獨自困。

但她終究是個凡婦，又不是什麼高道大師，哪能閉關滅絕人性的基本需求，終究還是需要個閨密。慎言這個大朋友剛好就找上門來，還住著不走。若他是個尋常男子，劉娘子自然避而遠之，省得觸犯這個世界的禮法規矩，但既然他有「不男人」的嫌疑，她當然放鬆很多。

只有時她會苦澀的想，早知道深宅大院如此吃人不吐骨頭，還不如一開始就投到深宮去。最少深宮公公多，她還能放心跟他們講幾句話，也不至於如此孤獨。

只是這封信觸及她兩世心傷，瞧著眼前晃的上善分外討厭，只她也知道不能隨意遷怒，只能盡量避著。

上善心細，瞧出她不對勁，琢磨到最後，想著是不是陸家又出什麼昏招……終究還是避著人問了。

「不是。」劉娘子皺了皺眉，勉強道，「我以前的丫頭寫信給我。」

上善心底一寬，笑道，「女學生吧？也不就擔個丫頭之名，哪個不是細心教導的呢？誰不知道劉家丫頭既賢且慧，能娶上一個是祖上燒高香？」

「有什麼用？」劉娘子愴然，「還不是說休便休？這世界是男人的，女人如豬似狗，招之即來、呼之即去。顏色好些還能當個玩物，顏色不好就該去死。」

上善變色了，劉娘子也不欲多言，甩手就要走。

「站住！」上善厲聲，「就跟妳說過，別一竿子打翻一船人！我看劉娘子夙昔是個明理的，為什麼老出這種偏頗之言?!」

劉娘子倒是站住了，只是僵僵的挺直背，一言不發的淚流滿腮。上善整個慌了，趕緊左右看看。劉家人都有午休的習慣，此刻無人。劉娘子在家是個武則天的地位，不說家人死忠，連言兒也言聽計從，孝順異常。

他有回惹毛了劉娘子，言兒三天沒跟他講話，他受了十來天劉家僕的冷遇，現在又惹哭了，真別想在劉家賴下去了！

劉娘子自己倒是擦了擦眼淚，有些嘶啞的回答，「是我遷怒，對不住陸三公子。」

「……劉娘子有什麼心事不如說說，一人計短，兩人計長……」

她搖了搖頭，在一旁的石凳坐了，又讓了讓，上善也在對面坐下。

原來，劉娘子還在京城老張家時，身邊的丫頭都跟著她讀書識字。當中有個粗使丫頭特別聰慧，不但學全了劉娘子那點子老底，還無師自通的頗能詩文，是劉娘子得意的門生。

但這丫頭卻被喚為「醜娘」，容貌醜陋異常，又兼臃腫粗壯。劉娘子最心憐她，喜她知進退，懂禮數，常說她比書香世家的千金也不多讓。

那時她當著三房的家，對醜娘的婚事頗費思量。彼時劉家丫頭的名聲已傳揚開來，連醜娘都有人來求，最終允了個窮秀才。

一別數年，聽說那個窮秀才娶了醜娘卻頗恩愛，隔年便考上了舉子，最後還上京考了個三甲。她原本放了心，哪知道醜娘寫信來，語氣淡淡的說，夫君考中三甲後，便將她休了，連自己的女兒都不要了。

幸虧她還有點嫁妝，又出自農家，置辦了些田莊，又開了家豆腐坊，帶著女兒頗過得。現在立穩了腳跟，才敢跟劉娘子報平安。

上善聽了，羞臊得坐立難安。雖然不是他做下的，但這等陳世美行徑，可說屢見不鮮，有時真忝為男子。

「我只是一時怒憤感嘆……實在不應遷怒貳過。」劉娘子起身福了福，「陸三公子請原諒則個。」

「別這麼說……拋棄糟糠之妻，真真禽獸不如！」上善也來氣了。

「拋棄也就拋棄了，晚休還不如早休。」劉娘子重坐下，語氣更淡，苦笑兩聲，「愛美之心人皆有之……只是那傢伙也不是什麼潘安之貌，也只比鍾馗略平整些，倒也看人下菜碟。也罷，誰讓我們身為女子呢？」

上善啞口無言，正默然無語，見劉娘子起身卻晃了兩晃，蹲下去開始嘔吐，他大驚，顧不得男女之防，趕緊扶住她，「劉娘子！」

她擺手，「頭疼……」又嘔了些酸水，想站起來，卻天旋地轉，下腹絞痛。想開口喊四喜兒，眼前一黑，竟昏了過去。

劉娘子這一昏，全家都炸窩了。

上善是知道劉娘子身體不太好，常常頭疼得不能睡覺。但他不知道劉娘子還有個下紅不止的毛病，終年醫藥不斷，嚴禁大喜大悲，需要情緒平穩。

自從搬來莊子上住，她勤練詠春拳，又習棍法，勞體不勞心，又留意飲食，才養得好些。可醜娘的事情讓她心痛如絞，又復自傷，竟然發了病，一時之間，竟然非常凶險。

請來的大夫眾說紛紜，有的說是發了風疾，也有人說是舊傷復發，甚至還有人說是滑胎，差點讓人打了出去。

但大夫們幾乎都說底子早淘空了，恐難長壽。

慎言根本不去上學了，紅著眼圈在床前服侍湯藥。整個劉家像是抽掉了中心骨，人人淒惶。

四喜兒抹淚，低低的對上善說，「咱們姑娘挨了那頓打又滑胎，才落下病根，一直沒好全……陸爺，您可知道哪兒有好大夫？咱們姑娘的病不能拖了……」

「……我已經派人去南京了。」上善沉重的說，「怎麼會拖這麼久都沒治好？老張家……」

四喜兒來了氣，「您就別說那家，那家沒個好人！」她啐了一口，「不毒死就是好的了，還說什麼調養……也就搬到莊子上來才能安心看個病，可虧損到這地步也只是、只是……」

她跟著劉娘子的日子最長，從嫁前到休後，都熬成了老姑娘。可看了那麼多，她視嫁如虎，只想跟著她們姑娘一輩子。難得姑娘不逼她，可若姑娘去了……言兒還這麼小，她真不知道能不能接棒養大。

老早她就知道姑娘只是挨日子，可看她來到莊子上神色一天比一天好看，也沒再提有什麼病痛，自欺欺人的認為姑娘就這麼好了。

上善默默的聽，「放心，我讓侍墨去請好大夫了……他若不來，綁我都把他綁來，妳安心吧。」

瞧了瞧憔悴的慎言，他柔聲勸了幾句，慎言只是搖頭。

「你跟四姨去吃點東西，歇一會兒。」上善輕聲說，「萬一累病了，你娘豈不操心呢？我看你娘這病是心病，你又怎麼捨得讓她病上加病？」

「陸叔叔，我不放心。」慎言哭了，眼淚一滴滴的掉下來，「大夫讓我準備後事。」

什麼庸醫！上善心底暗罵，「哪就到這種地步？庸醫只是怕有個好歹，才說得那麼嚴重，醫好了是他的功勞，醫不好就沒人知道他醫術平庸。我在這裡看著，你去吃飯吧。我請的大夫在路上了，人稱神醫呢，不用擔心。」

好不容易才將慎言哄著讓四喜兒帶去，他才尷尬的發現，忙亂中居然進了劉娘子的臥房，小丫頭在外烹藥，屋裡竟然沒有別人。

轉了兩圈，他搬了個繡凳，坐在劉娘子床前……卻見她睜開雙眼望著他。

相對無言，上善倒是臉紅了，惹得劉娘子一笑，聲音嘶啞。「我只是有點昏，怎麼鬧這麼大的動靜？」

「妳昏了兩天，這動靜能不大嗎？」上善自責，「是我把妳鬧病了。」

「哪是，是我脾氣沒控制好。」劉娘子低嘆，「別聽那些大夫胡扯，那醫術還不如我這久病的。我當初腦子裡大約有些瘀血，這些年沒能吸收掉。終年下紅不止所以貧血，但可能有先天性的高血壓。這是婦人病加上心臟血管疾病，我自己脾氣壞。現在又是春夏交際，氣壓變化大，我才頭疼到吐，之前也有……只是我自己掩得住，沒被發現而已。」

話說得多了，她嗓眼乾疼，咳了兩聲，閉著眼歇了會兒。

上善倒了水，湊到她脣邊，掙扎了兩下，她也沒能爬起來，最後是上善硬著頭皮，半扶半抱的給她餵了水。

她舒出一口氣，苦笑著，「謝您了。麻煩傳一下四喜兒……」

「她帶言兒去吃飯了，這兩天，他什麼也沒能吃下。」上善有些笨拙的取了迎枕墊在劉娘子身後，讓她坐著，「妳要什麼，跟我說吧。」

劉娘子扯了扯嘴角，「麻煩您吩咐廚房，取半斤芹菜來擰汁，拿來我喝。先讓我降一下血壓。」

上善遲疑了一會兒，「這能吃麼？」

「你不是說我胎裡帶來靈慧？」她調侃，「成的。」

他無法，只好去吩咐了廚下。等劉娘子喝了半碗芹汁，原本漲得幾乎發黑的臉孔漸漸褪了些，倒比那些庸醫的藥方有用多了。

五天後，黑著臉的喬子期終於讓侍墨拖著來了。

南京到開封不是普通的遠，一路上不知道累死了多少馬，也磨破了喬大夫的兩股。他一路罵罵咧咧，上善根本不甩他，只把他押進澡堂，吩咐侍墨看守，連碗茶都不讓人喝，把剛洗好澡綰著濕髮的喬大夫架去看病。

火氣正旺的喬大夫破口大罵誤交匪類，瞥見委靡的劉娘子，神色還是凝重起來，把脈把了兩刻，神情越發古怪，又看了藥方和芹汁，沉吟半晌，「這只能救急，夫人尋常別多用。」

「我省得。」劉娘子淡笑，「請大夫出去看茶用藥。」

去了偏廳，喬大夫才有茶喝，連灌了兩杯，陰晴不定的瞪著相交多年的上善，「持盈你老實講，這劉娘子是你的外室麼？你與她幾年了？」

上善沒好氣，「我不置妻妾你不知道？我只是賃著劉娘子的屋住，沒多事！若說認識，也不到一年……」

「這樣說來，她的傷和你無關。」喬大夫鬆了口氣，神情又嚴肅了，「她顏面頭顱的傷起碼五年有餘，六年不足。身體虧損極大，這是小月重創又失於調養，又先天有症……」

說了半天，他又琢磨許久，搖頭道，「不好辦。芹汁對她的風疾倒是對症，只是她虧損到這樣，不能服食這樣涼冷之物。但若要顧元氣、保內腑，又於風疾瘀血有礙……她又思慮太甚傷肝氣……」喬大夫嘮叨了一會兒，煩躁起來，「我倒不知道怎麼下藥了。」

上善心底一涼，「難道連你也沒辦法？」

「也不到沒辦法的程度。」喬大夫繞室走了兩圈，「要長期調養，一步步來。」

他責備著，「怎麼就拖到這種地步？這病若是初傷滑胎的時候就治了，哪會這樣棘手？這根本是被耽誤出來的！」

上善悶了一會兒，嘆息一聲，撿能說的說了。

喬大夫瞧著他的眼神卻越來越奇怪，等他說完，喬大夫摸著下巴，沒頭沒腦的說，「你可知道劉娘子再無生育可能？」

「老張家早就把話傳出來，這根本就是要斷她再嫁的可能。」上善憤慨。

「你知道這樣，還如此上心？」喬大夫戲謔的說。

上善瞪了他一會兒，臉孔漸漸潮紅，「胡說什麼你?!」

「不上心，你讓侍墨把我架來？」喬大夫壞笑，「你這傢伙，安著什麼心呢？」

上善啞然，憤然說，「你不懂！住下幾天，你就懂了。這樣靈慧女子，不該遭此惡待！」

劉娘子病倒後，諸事不能自理，躺得非常無聊兼無奈。

她前世也有高血壓的毛病，不然也不能知道這偏方。但芹汁是涼寒之物，久飲傷元氣，只能當個救急的。可她前世醫學比今生發達許多倍，高血壓同樣是絕症，只能服藥壓住而已，何況是藥三分毒，副作用非同小可，她到死都沒能擺脫。

年紀輕輕就發高血壓，但她卻不擔心自己的壽命。投生前她親眼看過生死簿，六十歲，一年不多，一天不少。痛苦當然會很痛苦，這樣的壽算不算短，卻是活受罪。

不過最少捱到言兒長大是沒問題的。

現在她最煩的是上廁所和洗澡的問題。即使擁有前生許多知識，她還是無能把繡樓改成套房，上個洗手間還得用淨桶……非常受不了。她不捨得折騰自己的人，但她那樣愛潔，底下人任勞任怨，讓她坐臥難安。

她更想念自己的豪華澡堂，可她說破嘴皮都不能說服四喜兒，只能讓人擦身，讓她不自在到要發狂。

其實之前她悄然無聲的發作過兩次，京城一次，老宅一次。那兩次吐完就抱著快痛裂開來的腦袋睡下，躺了兩天，悄悄要碗芹汁也就過了……這次真是倒楣，毫無預警的暈過去，史無前例的大發作。

值得安慰的是，這個喬大夫真是有本領的。她一直治不好的下紅，竟然漸漸收了。

不然每次月事都橫亙半個月，煩得她背著人偷洗月布，更不敢讓人近身伺候……這毛病能治好，就算因禍得福了。

只是這喬大夫的態度讓她有些摸不著頭緒。恭謹中帶著親熱，親熱中又帶著禮數，禮數裡又帶著嚴謹。饒是她在心機詭計中打滾十幾年，還是沒看透當中玄機。

陸三公子就更奇怪了。他向來是個守禮的人……最少表面上。可這個連在繡樓樓下借住一晚都遲遲疑疑的拘謹人，居然在言兒早上去上學時，堅決要在床前照顧她……雖然只是端茶倒水，她還大半的時間都在睡覺，他還是捧著本書坐著，直到言兒回家還不見得回去。

喬大夫來看診，他更是次次都跟得緊緊的，不知道為什麼。

等喬大夫告辭的時候，她已經躺了快一個月，好不容易聽到能下床的旨意，真是感動極了。

只是喬大夫的醫囑很奇怪，拚命吹噓陸三公子的人品，說得那是天上少有，人間無雙，臊得陸三公子頻頻喝斥，面紅過腮。

她忖度了會兒，想來喬大夫和陸三公子交情甚好，不忍他這樣孤老終身吧？可陸三公子人雖好，有了那種隱疾……女孩兒嫁他不是守活寡？這是終身幸福的事情，她很為難。

「喬大夫的意思我明白了。」她想了想，斟字酌句的回答，「可惜妾身孤僻，閨友甚少，也乏門當戶對的閨秀，就想為冰人作筏也無能為力。但總會為陸三公子多多留意。」

陸三公子和喬大夫的神情齊齊古怪了起來，喬大夫說，「劉娘子妳難道……」卻立刻挨了陸三公子一拐，痛得他彎下腰。

「時刻不早了，劉娘子還有餘恙，子期，我送你出去吧。」不由分說的，陸三公子拽了他就走。

「你這混帳！你不好意思我幫你……」被拽下樓的喬大夫突然慘叫一聲，下半句就模糊不清了。

真是要我作媒呀……劉娘子暗嘆一聲。她真不忍心推人下火坑，決不能應了。

一個月沒下床，她虛得不得了，上下繡樓都要人扶，在花園走沒兩步就喘。這次真是病大發了。隔了五六天才能自行上下樓，她滿園子的寶貝花卉蔬果都遭了殃，心疼的她心直抽。

別小看這園子，哪怕是根破荷梗都是值錢的。這園子就沒種半棵無用的東西，不僅僅是好看，不是能入菜，就是能入藥。連邊角種的玫瑰都能曬乾入茶作香料。

將來若敗了家，只要這園子還在，光這些出產都夠言兒勤儉度日，她可是一分一毫都打算得精細的。她病了一個月，這些花草蔬果都沒人有心打理，讓她把孫伯他們叫來念了一通，連四喜兒都讓她好一頓說。

可看她能罵人了，底下就沒個人不耐煩，個個開心的不得了，氣得她把人都趕去幹活，不讓他們圍著。

但她只能閒晃，誰也不讓她沾活兒。夏收在即，也沒人肯讓她出門，都搶著出門去，連四喜兒在廚房煮菜收飯都不讓她進，讓她極悶，連書房都不給她去。

原本是不太高興的，但發現言兒上午不再去上學，而是偷偷摸摸的在書房隨著陸三公子讀書，她琢磨了些時候，也就繞著書房走了。

既然大家都不要她操心，她就把身體養好吧。她呢，就是個神主牌，其實幹不了什麼事情。可有她在，這家就不會散……那就不能讓神主牌輕易倒了。

只是她這神主牌真是流年不利，像是這一病還不夠似的，又來了個人挑戰她平穩的心境。

豔夏午後，張三公子來訪。宛如一石激起千堆浪，不說慎言和陸三公子如臨大敵，在田裡幫著佃戶收割的劉家僕都拎著鐮刀，殺氣騰騰的趕回來了，盡顯老兵的凶悍之氣，挺像是趕回來打倭寇的。

面對這個差點把她打死的前夫，她不是不害怕，也不是不吃驚。只是家裡個個氣勢洶洶，鬥氣沖天，她不能不冷靜。

慎言一言不發的霸占了另一個主位，倒讓他的生父只能坐在他的下首，陸三公子更大剌剌的坐在劉娘子的下首，身後跟著抱著劍、目光不善的侍墨。四喜兒站在劉娘子身側，拎著根擀麵棍。孫伯他們握著鐮刀不放，兩行站著。

把個莊戶人家的大廳，站成了梁山泊的聚義廳，雖然沒湊齊一百零八條好漢。真把張三公子的幾個長隨嚇得夠嗆，胳臂腿和上下牙拚命打顫。

「張三公子路過？」劉娘子和藹的打破一觸即發的殺氣，「言兒怎麼不叫人？」

慎言繃緊小臉，下椅一揖，硬邦邦的說，「見過張三公子。」

張三公子瞳孔掠過一絲哀痛，強笑道，「年餘未見，言兒倒是忘了我。」

慎言也不說話，只是回主位坐著，梗著倔強的小脖子。

劉娘子倒是犯難起來。她帶著言兒到張家老宅休養時，還盡力讓言兒對父親不要抱持敵意。可一趟奔喪就毀了全部的努力。趙姨娘那時剛生了個男孩，大吹枕頭風，張三公子對言兒非常壞，還打過他耳光，揚言絕對不讓他入宗祠。鬧著休她的時候，還親口說過言兒生母不清白，言兒不是他的孩子。

劉娘子還真沒辦法違背良心的要言兒搞什麼孝道。父不慈，子何孝？但也不能當眾讓孩子擔個「忤逆」的罪名兒。

她溫和輕笑，「張三公子還沒答我呢。」

張三公子這才醒神，「十四娘，我是特別來探妳和言兒的。」

她只驚訝片刻，瞬間了然。斟酌了會兒，「趙姨娘和寶兒還好嗎？」

張三公子張了張嘴，頹然慘笑，「十四娘，妳還是這麼聰慧，未卜先知的，什麼都瞞不過妳。」他聲音漸低，「若妳還在，何至於此……」

劉娘子打斷他的話，「四喜兒，孫伯，夏收忙呢，淨杵在這兒作什麼？去幹活兒吧。」

「姑娘！」四喜兒不幹了，但挨了劉娘子一記凌厲的眼刀，又不想讓張三公子那混帳瞧扁姑娘，有個奴大欺主的口實，只好跟孫伯他們作眼色齊齊出去，只是留了個心眼，趙伯和李伯拎著鐮刀在外守門，支起耳朵聽動靜。

「陸三公子，也煩您帶言兒去讀書。」她語氣重了些，「言兒，晚些我再問你學堂的事情，你可仔細用功了，別讓我問了答不出。」

陸三公子抬頭看了看她，她卻含笑點點頭。他沉默了會兒，上前牽起慎言，卻對侍墨做了個眼色，示意他留下。慎言擔心的看看母親又看看陸三公子，緊了緊牽著的手，還是乖乖跟出去了，只是一再回頭看母親。

張三公子只是端著茶發愣，劉娘子悄悄打量他。只見張三公子形銷骨立，瘦得像皮包骨。但精神還不錯，雖露戚容，眼神卻很清明，想來是戒了阿芙蓉膏。

她飲了茶，將茶碗擱在桌上，輕輕一響，卻驚醒了張三公子。

「十四娘，」他清了清嗓子，「臨別……臨別時妳說的話，我聽進去了。只是，有些晚……」他眼眶紅了起來。

劉娘子心底大定。想來張三公子不會動粗了。她被休之後，多年壓抑盡去，慶幸自己得以身免，還保住了言兒，就誠懇的跟張三公子說了些話，算是對多年雇主的回饋。

她也知道，這阿芙蓉膏是趙姨娘為了拉住張三公子的手段。她還是少夫人時，說了只會招打，現在不是了，她就直言了。畢竟她那次打，是張三公子吸食阿芙蓉膏後神智不清下的暴怒。

說她對張三公子一點感情都沒有，那是不可能的，要不也不會懷那孩子。畢竟在她眼底，張三公子不過是個青少年，就是花心了點。不過這是時代的錯，也不能全怪在他身上。最少他對趙姨娘真是一心一意，和她一起的時候，常會顧慮到趙姨娘的感受。

一個原本陽光純情的少年，變成了個鴉片鬼，孩兒一個個不明不白的夭折，他的痛苦和逃避，她也都看在眼底。

臨別時，她直言不諱的勸他戒毒，遣散趙姨娘以外的妾侍，紮緊家裡的籬笆，並且趕緊分家別過，別自己成了廢人，連子嗣都保不住。

那是張三公子少有的清醒時光，難得的靜聽。她說完了就走，反正心裡已經全無負擔。

「……玉清，暴病去了。寶兒也沒存下。」張三公子低低的說，「我身邊沒人了。」

暴病？劉娘子苦笑。「……節哀順變。」

「我後悔了，十四娘。」張三公子低頭，「隨我回家吧。這些年……你們母子受苦了……我會好好補償你們。」

「『上山採蘼蕪，下山逢故夫。長跪問故夫……』」劉娘子灑然一笑，「可我不採蘼蕪，也不問故夫。」

張三公子臉孔蒼白了起來，眼神哀求，「十四娘，妳也看在言兒的份上……他總得認祖歸宗，妳也不能老在外漂流。」

「三公子，我並沒有漂流，言兒也保住一條命，不認祖歸宗只是代價之一罷了。」她很冷靜的回答，「既然您離了阿芙蓉膏，拾起學業，或是隨老夫人從家業，自然會有番成就。您也還年輕，正經的娶個門當戶對的千金，生兒育女，猶未晚也……」

嗎？」

「……我對女人，灰心了。」他昂首，「十四娘，無論如何妳都不原諒我

「這不是原不原諒的問題，」她泰然自若的指出重點，「我再不能生育，勉強和你回去，只是將來再次因為無子被休，何必這麼麻煩？現下你頹唐自然會說灰心，等恢復元氣，自然會有寵愛。到時我還得勞心勞力……我真的不想在這兒，」她指了指無傷的右眼，「再添條長疤。搞對稱不是這樣玩的。」

張三公子再三哀求，劉娘子說什麼都不鬆口，他的少爺脾氣漲了起來，猛然一拍桌子，「那把我的孩兒還給我！」

侍墨晃的一聲拔出劍，擋在劉娘子面前，把張三公子主僕嚇得抖衣而顫。

劉娘子有些哭笑不得，「侍墨，把劍收起來。你總不能橫著劍送客吧？我們家有這麼土匪嗎？」

侍墨瀟灑的回劍入鞘，將劍鞘一抖，揚聲道，「張三公子請！」

張三公子還想說兩句場面話，讓侍墨充滿殺氣的目光一刺，只能吞下去，噎得慌。只恨恨的說了聲，「我會再來的！沒有霸占我家孩兒的理！」就跟他幾個

長隨落荒而逃。

劉娘子撫著額角笑。這前夫還真是充滿喜感。

這場「破鏡會」，就在劉娘子傲然不肯「長跪問故夫」中悄然落幕了。她並沒有照她說的招言兒來問，反而閒閒的依舊繞著書房走，倒把慎言憋得抓耳撓腮。

劉娘子心底有數，但她捨不得責備或責打言兒，只好讓他多難受些。反正他不來坦白，就難過得越久。她能隱約明白慎言的苦衷，但不能縱容他這樣欺騙。

家裡的氣壓卻因此降低許多，連四喜兒都猜不出劉娘子的心意。雖然趙伯、李伯和侍墨都聽得清清楚楚，卻不知道姑娘是含怨作態還是真心如此。他們心底也很矛盾，既捨不得劉娘子回去吃人的老張家，但又覺得她這樣孤獨終身不是個事兒。

可惱的是，陸爺也不表態，劉娘子又坦然無感，他們心底急，可也急不出個二五六來。

慎言心底更急，但連大喘氣都不敢。他心底有鬼，卻不敢跟母親明言。母親又一副等他來認錯的平靜……他都不知道該怎麼辦才好。

這種低氣壓過了三天，沒想到是上善主動去打破。

又是午休時，劉娘子半躺半倚在涼榻上，正在梅蔭之下，望著半畝荷塘。荷葉田田，芙渠亭亭玉立，含苞待放。風過水面徐徐而來，帶著懶洋洋的清涼和水氣。

上善悄悄的走過來，劉娘子抬頭看他，含笑的請他一旁坐下。他拎過竹椅，下定決心坐下並開口，「月餘前，言兒讓塾師開除了。他不敢讓人知道，上午都在外閒晃假作去讀書，是陸封發現告訴我的。」

劉娘子靜默了一會兒，「原因大概和我有關吧？」

上善噎了一下，硬著頭皮回答，「塾師的理由是……『家門不肅，品行不端』。」

「是『母親品行不端』，對嗎？」劉娘子心平氣和的問，「大約是我病倒之前，嗯？」

上善沒話了。「……妳早猜到？」

劉娘子嘆了口氣，「當初……我帶走言兒，也考慮了方方面面。但不管怎麼樣，最高原則還是保住他的性命，其他都是必要的代價而已。他跟著我，必定要捱這些閒言冷語、指指點點。我留不住先生，也不該把他養在溫室，才讓他去上學……」

「是我的錯。」上善心情很沉重。說起來，言兒是池魚之殃。陸家使盡百寶也沒法讓他回去，竟然下此狠手。他二哥和塾師突然親近相邀會文，他早聽手下提過，卻沒擺在心底，真是大錯特錯。

「不是的，不是你，就會是別的。下堂婦名頭就是不好，不然那小子也會打架打到被開除。」劉娘子眼皮都不抬，「其實，他不去上學也沒關係，我原本就不大贊成讓他走仕途。只是我不能打擊小孩子的積極性……不然耕讀傳家也是不錯的。」

她抬眼看著上善，「但是，我還是希望他親口告訴我，而不是騙著我。陸三公子，你也不該幫著小孩子騙人。」

上善沉默了。「……妳讓他怎麼講？說塾師懷疑他母親的清白？他能說出口？他那樣依戀妳、崇拜妳。」

劉娘子也悶了，咕噥著，「果然還是不該長於婦人之手，心太細是不行的。」

上善深深吸了口氣，暗暗咬了咬牙，盡量讓表情平靜，「也是。言兒不能沒有父親。」

劉娘子想也不想就拒絕，「我是不會回老張家的。有了父親卻沒有命，我絕對不同意。」

她非常明白老張家有多龍潭虎穴。不是只有三房自己妻妾內鬥，還有其他兩房跟著發瘋。因為子嗣實在太艱難，內院簡直是步步驚心。老張家又沒有長房傳家的傳統，能者居之，明爭暗鬥得更殘酷。

上善定定的看她，「……我當言兒的父親吧。」

劉娘子詫異了，「你想收言兒當義子嗎？」似乎也沒什麼不可以。

「不，我在跟妳求親。十四娘，妳嫁給我吧。」

向來淡然從容、智珠在握，泰山崩於前不改其色的劉娘子，緩緩的睜圓眼睛，頭回羞紅了臉，一整個手足無措，微微張著嘴，連灰白的疤都轉豔紅。

原本心慌的上善立刻鎮定下來，望著她表面非常鎮靜，心底卻有種既痛快又舒暢的感覺。

不管她答不答應，光看到她這個表情，就太值得了。

只見劉娘子立刻推開薄被，正襟危坐，低頭開始嚴肅的自省再三。額上滴下冷汗，不自省不知道，一自省嚇一跳。她待上善這邊能犯的規矩禮法已經多如牛毛，程度已經直逼沉塘浸豬籠的程度……

但撇開那些比牛毛還多的規矩禮法，她從來沒有漏過絲毫邪念足以誤會吧？

「……陸三公子，是否妾身有何失禮之處，導致您誤會了？」她顫巍巍的問。

「十四娘，我聽不懂妳的意思。」表面依舊平靜，上善心底樂開花了。真沒想到可以看到劉娘子如此女性嬌羞的一面，真是大開眼界。

「……我是說，我做了什麼嗎？為什麼你會開這種玩笑？」她的聲音發顫，臉孔越發通紅，紅得有點過頭了。

不好。上善看她臉孔紅得非常異常，飛快的從提來的食盒裡端出半碗剛榨不久的芹汁。他承認自己有點壞心，但也不至於想讓她驚嚇過度導致風疾復發。

瞪著那碗芹汁，原本異常緊張的劉娘子忍不住噗的一聲。她兩世為人，頭回聽說有人先把藥準備好才求婚的。

越想越好笑，她放聲狂笑，覺得整件事情都非常荒謬。笑得伏案捶桌，眼淚直流。

上善哀怨的瞧著她，心裡非常悲傷。直到劉娘子昏病，他狠狠地煎熬一場，才驚覺自己的心情。他喜歡言兒，喜歡劉園，他眷戀這一切，可事實上他真正愛的是這一切的精魄。

那個僅餘排行，無名亦無字的劉娘子。

他早已上心，為了那個靈慧通透，孤傲不群又自潔冷眉面對世間訕謗，宛如焚天火梅的十四娘。

因為有她在，才會有聰明歡快的言兒；有她在，才會有溫暖可心的劉園。就是因為有她在，他這個慣常流浪的浪子，才會甘心在一地淹留。

她若就此病死，他和言兒此生再無歡顏。他夢想中的家從此破碎。

但他又羞於面對，畢竟劉娘子一向光明坦蕩，若她露出絲毫情意，他也能鼓起勇氣……畢竟他不想劉娘子有絲毫不願。畢竟他也有他的自尊和堅持。

他總安慰自己，慢慢來，不要急。來日方長，日久必然生情，到時水到渠成豈不更好？幸好她容顏不出眾，又擔個無辜惡名，身家亦不顯，他會有很多時間……

但她前夫來訪，狠狠地扎痛了他。一個激靈，是呀，她是下堂婦沒錯……可夫家若願意讓她回去呢？不管有多少怨，多少恨，出嫁從夫，從一而終，女子終究還是期望于歸的吧？終究還是愛惜名節，更何況言兒不是她親生的，終究是他前夫的孩子……尋常婦人就會這麼回去吧？

張家三少夫人和下堂妻，雲泥之別……是個傻子都知道要選前者。

雖然讓侍墨留在那兒，可坐在書房，他焦躁難安，多少次想衝進大廳將張三公子扔出去，打斷他的狗腿。

可他憑什麼呢？名不正而言不順。

幸好劉娘子是個聰明的傻子。但他心底的煩躁更蒸騰。這次不成，下次呢？以後呢？真讓她走？成就她的從一而終？

不再有言兒，不再有劉園，不再有……她？

他的心空得難受，像是餓了很久很久，餓到胃絞痛。三天就是他最大的極限，他真的熬不住那種惶恐。

不管了，先成親吧。成親以後，再來慢慢要她的心。他沒那麼偉大，他不要成人之美。這是他的言兒，他的劉園，他的十四娘。他絕對絕對不要交給任何人。

一輩子都很講理，他就要撒潑一次，當個蠻不講理的人。

劉娘子拭了拭眼角的淚，抬頭看到上善認真得要吃人的表情，趕緊肅容正坐。「……我、我還不到喝這個的地步。」

「嗯。」他應了聲，還是目光灼灼的盯著她。

她不大自在的動了動，「……我脾氣不好。」

「我脾氣不錯。」上善嚴肅的應，「我盡量讓著妳。」

「我……我是下堂妻。喬大夫沒告訴你再不能生育？」

「我前妻還坐家招婿呢。」他深吸口氣，「言兒若願意，我願認作嗣子，將來我所有家產都是他的。」

劉娘子皺了眉，「小孩子管個不餓死就行，要那麼多身家作什麼？慈母敗兒、富家紈褲。我自有家產讓他耕讀，要多的他自己白手起家。」

「這個再談。原本我就不想娶妻置妾的。言兒和、和……是老天爺的賞賜，怎麼樣都行。」

劉娘子動容了（同時也誤解的更厲害），聲音放柔，「你真的這麼喜歡言兒？認為義子就成了，將來他大了，一樣也會奉養義父。」

上善鎮定了些，微微一笑，「這還是不成。總不能讓孩子出門老讓人說三道四，不能為了這個圈在家裡，又不是養丫頭。我離不開言兒和、和……」他模糊其詞，「但我在這家走動，總得正個名目。」

她細細的思考起來，雖然說打滾了十來年，她對這些規矩禮法實在煩透頂，依舊沒辦法澈底的按著古人的想法思考。上善說得很有道理，坦白講也不是不成……反正他也……「不行」。

虛凰假鳳是沒什麼，只是成親……總是大事。為了這樣的理由……好像太輕率。這邊成親，可不是兩個人的事情，是兩個家庭的事情。她這邊沒啥，慎言的阻力大概等於無……但陸家那邊可不是簡單人口。

她實在怕了深宅大院。

「我是不在意這種事情的。」她慢慢的說，「言兒過年也九歲了……等他十三，若還是堅定仕途，我就送去南京那兒的白露書院念書。離鄉背井的，這些流言也就傷不著了……」

「那還四、五年呢。」上善搖頭，「妳真捨得讓言兒一直被指指點點？孩子也是會傷心，有自尊的。」

劉娘子啞然片刻，低頭細思。通盤想了一遍，似乎利大於弊。她訕訕的說，「可陸家不會同意，我也實在怕了後院的日子。鄉野懶散慣了，我又是這樣的破身子……」

「這些交給我煩就好。」上善暗暗鬆口氣，「劉園是妳的嫁妝，我搬來同住，自然會負擔家用……若妳嫌這兒小，我也有數處園林，選個妳喜歡的就好。」

……真的這麼喜歡言兒？可言兒外貌也不是挺可愛，雖然聰明，但也沒有太出格。反而因為心思太細，有時會顯得陰沉。

喜歡到願意娶他的娘好名正言順……這只能訴諸緣分了。說不感動，那還真是騙人的。

人與人的緣分真奇妙啊。

「……茲事體大，我能先想一想嗎？」她紅著臉，弱弱的問。

「當然，是該慎重的。」上善捏著把汗回答。

劉娘子想了一個下午帶一個晚上。趁上善去洗澡的時候，她悄悄的問慎言，「陸叔叔……跟我提親。」

他眼睛睜圓，緊張的抓著娘，「娘……妳沒拒絕吧？」

劉娘子愁眉，「言兒……你怎麼看？」

他扭捏了一會兒，在劉娘子的耳邊說，「娘，我想改口了。我……我也想有爹……」最後一句非常微弱，幾乎聽不清。

「可、可後爹……說不定就會變臉。」她心疼的摸著言兒的頭。

「這個，我也想過。」他沉默了一會兒，「但是娘……我想妳那麼厲害，一定鎮得住場子。」

劉娘子臉一垮，賞了他一個老大爆栗，「鎮什麼場子？當你娘混黑社會？」

慎言摀著腦袋逃，「娘，黑社會算什麼……妳可比黑社會厲害多了。妳就是那個一丈青……」

「我先剁了你做人肉包子！」

張牙舞爪的撕打了一陣，慎言滾到劉娘子的懷裡，「娘，我是家裡唯一男丁，」他老氣橫秋的說，「我就作主讓妳嫁了吧。妳不是說過，『天要下雨，娘要嫁人』，沒人管得著嗎？那聘禮我作主收了……我可以買個十匹、八匹馬兒了。騎一匹可以牽九匹……」

「我養這什麼兒子，賣老娘了啦！」

站在門外的上善擦著頭髮，卻忍不住滿溢的笑意。最少最少，能把她留住了。

這個謝媒禮還得多備一份……他轉頭，敲了一下咧嘴傻笑的侍墨。「明兒個……」

「小的就去尋匹千里馬給少爺！」他機靈的輕輕說，「還是兩匹？」

「千里馬是大白菜呢，滿田子種？」上善笑罵，「尋個溫馴善走的小馬駒，少爺還小。千里馬再慢慢看吧。」

劉娘子的父母早沒了，劉家敗了以後，遷回原籍，十萬八千里的，也通知不到。她倒是泰然自若，說，「出嫁由父，再嫁由身。我下堂並非只有一紙休書，還是上官府自辦了女戶，言兒……其實隨我姓氏。」

「那為何對外還……」上善覺得奇怪。

劉娘子低了頭，「小孩子也有自尊。在外面同人一比，別人有爹隨姓，他沒爹在身邊，又不是丫頭養的，為什麼隨母性？」

上善只覺眼眶一熱，心底居然有點忌妒慎言。這小子運氣怎麼那麼好，攤上一個呵護備至的嫡母……他自個兒幼時又過著怎樣的日子。

劉娘子像是有些知覺，輕聲細語的，「他隨我過著怎樣的苦日子……你是不知道的。別人只覺得我對他好，卻不知道，事實上是他救了我。那時候……」她撫著自己臉上的長疤，「三公子打我的時候，我怕他被誤傷，只來得及把他塞進床底下，可他什麼都看到了……」

「張三公子！」上善很嘔的糾正她，「滿天下的三公子，也只出了這麼一個人面獸心，別亂攀咬！」

劉娘子讓他逗笑，不再提什麼三公子，「張鳴把我打個半死不活的，其實我是想乾脆死一死的。」

她頓了頓，「我以為，只要我依足了規矩禮數，遵從女誡，賢良不妒，就有碗安心飯吃。事實上並非如此……所以不想零零碎碎受苦，乾脆來個痛快。可言兒……那麼丁點大的孩子，嚇得驚風，卻熬著病跑來我床上擠著，口口聲聲喊娘……」

她眼眶微潮，「是我對不起他。我對他，原本不過是面子上的情面。因為他生母產死，我怕擔干係，才多看顧些。找來的奶娘不省心，反而去勾搭張嗚，哪有心情照料言兒，我才抱來身邊照應。平日我忙，哪有多少時間照顧，都是丫頭婆子看著。可我差點被打死，這麼個不到兩歲的孩子……一口一個娘……」

劉娘子淚如雨下，上善遲疑了好一會兒，才輕拍她的肩膀，遞了帕子給她。

「……都過去了。咱們家雖三個姓，都是苦命人，卻能安穩度日。我……我們，會很好的。」

她也自悔失態，捏著帕子。瞧上面的針腳細緻，破涕而笑，「我可不會做女紅。補個衣服都讓言兒好一陣嫌。」

上善看她笑了，暗鬆口氣，「那正好。妳若真什麼都會，我就要覺得高攀不上了，哪有膽子求親？」

這話，讓人怎麼接呢？劉娘子捏著帕子，還也不是，不還也不是。輕咳一聲，「待我洗淨還你。」

「留著吧。」上善擺手，「我江南有個繡坊，同樣的帕子好幾箱……」他回頭囑咐侍墨，「今年新興的花樣帕子送來沒？撿新奇的送來給劉娘子挑揀。」

「我用不著，你留著吧。」劉娘子尷尬了。

「白擱在箱底霉壞了，妳留著賞人。」上善整了整衣，「我回去催祖母請媒下庚帖。」

劉娘子送了幾步，遲疑著說，「若是……也不用勉強。」她恢復平靜，「一家三姓是有點怪……但親情不在姓氏上。若真不成，我拜你當義兄也使得。」

當了義妹還有什麼搞頭？難不成我還捨得將妳外聘？上善胡亂點頭，「終究妳不用擔心，一切有我。」

* * *

上善回陸家請祖母出庚帖，讓陸家立刻掀起一陣狂風暴雨。

縱容上善和個下堂婦鬼混無妨，但要把張家的破鞋娶進門當正經三少奶奶……那是想都別想。

連當個妾室都沒她站腳的地方，何況是尊貴的正妻？

上善垂著眼簾聽著祖母破口大罵，連摔茶盞都沒有避開，默默的聽，張口也不是反駁，只是重申他的主張。

當然，陸家老夫人哪裡會肯，反而要他去祠堂外跪。畢竟他沒入族譜，祠堂裡跪是正經子嗣的待遇。

他也沒有抗拒，說跪就跪，該跪哪就跪哪。只是去祠堂的路上，侍墨藉口幫他整衣，偷偷幫他繫了護膝。

只是上善人在祠前跪，禍從天上來。第二天，陸家鋪子就刮起一陣「暑疫」，首當其衝的是陸封，他一病，從掌櫃到夥計都病了。開封城裡只要姓陸的鋪子，全下了門板……因為人人皆病也。

陸老夫人氣了個倒仰，卻還是忍耐住喚上善起來，改走溫情路線，要他打消這個主意。上善還是默默的聽，死也不改口，卻也沒跟陸老夫人大小聲，只是叩求。

陸老夫人終於還是來氣了，大罵了他半刻鐘，靈機一動，翻了白眼裝暈過去。

可隔天，陸家莊頭慌慌張張的上門，說佃戶都病了，田裡沒人收割，看天色幾日後必雨。大半年的收成就要不保了。

自詡讀書人的陸大公子和二公子哪能有什麼主意，只能來問裝暈的陸老夫人。陸老夫人心知肚明，仔細想想卻冷汗直流。這老三的手該有多長，才能夠讓這麼多人都「病了」呢……？

陸老夫人雖然掌了一輩子的家，可用的都是陸老太爺留下來的人。陸老太爺頗能馭下，著實留下一批忠誠幹練的老家人。陸老夫人蕭規曹隨，倒也還能維持。只是人總是會老會死的，女人都是顧念娘家的，陸家就插了幾門子姻親的人，當中有幾個能用真是天曉得。

上善卻不同。他當年十八歲就被分出去住。年少莽撞，志氣極大的帶著一伙半大小子要批蜀綢，卻折騰了一個血本無歸，遭了山賊突圍搶得性命，還差點病死蜀中。可他方退燒，看到這群半大小子一個不落的圍在他身邊烹藥死守行李，哈哈大笑，說他這趟生意賺了下半生的富貴。

果然這些跟著他的半大小子，都成了他的臂膀，隨著他走南闖北，掙下偌大家業。

這樣不平等的戰爭，終究還是陸老夫人出了庚帖表示屈服而落幕了。等媒婆取了庚帖出去，上善含笑著回到他在陸府的持盈居。

「恭喜公子得償夙願！小的給您道喜！」侍墨笑嘻嘻的奉茶。

「沒出息的小子，」上善笑罵，「你要給我當書僮到哪年？二十五、六了，叫你去江南管鋪子，死也不去？」

「公子若嫌小的老了，那侍墨給公子和少夫人看門。」侍墨眼眶紅了，「小的的命是公子給的。不是公子擋那一下，早沒小的了。」

「兄弟家說什麼呢？瞧你那沒出息樣兒！」上善輕輕踹了他一下，望著窗外，「侍墨，你還記不記得咱們一身血的的在山路跑？」

侍墨點頭，「陸封還嚷著說不能死，他還沒娶老婆呢。」

「別淨說人，你也嚷了。」

「……咱們誰沒嚷？有老婆的想老婆，沒老婆的想著還沒娶老婆。想兒子，想女兒，想老娘老爹……想熱炕頭……」

是啊，那時候。他和紫娟成親沒多久，就是撐著一口氣，想著她還在家裡。以前想到紫娟，心底都痛。現在？

現在卻沒事兒了。只要想到劉園，想到言兒，想到……她。就覺得沒有辦不到的事情，趕緊辦完，趕緊回家。

他終於有可以渴望回去的家了。

自從陸家送了庚帖，也驚動了劉娘子所有的人。

她還是那樣無所謂的樣子，可從她手底出去的丫頭們都不幹了。那些實際是來學點東西的實習丫頭不提，近身侍候過的呼姐喚妹，能來的都來了。張明的老婆雀兒更是將家一拋，充當劉娘子的娘家人，畢竟她是這些女孩兒當中年紀最大的，還比劉娘子大上兩歲。

劉娘子卻很無奈。就她看來，這不過是虛晃一招，好方便上善出入的，明明交代一切從簡就好，為什麼還有什麼納彩問名……煩也煩死。

沒想到上善更絕，乾脆雇了個喜娘來家，再三叮嚀，不讓劉娘子操心半分，聘禮也是上善全包了。劉娘子很想翻白眼，想想也不過是為了好看，將來還不是陸三公子家的家當，也就瞥了幾眼算了。

但人沒來，信倒是來了。侍墨趁著問名的時候遞了信，還恭敬的一旁立等回音。

鬧什麼名堂……劉娘子咕噥著，打開信封，裡頭寫著她的姓名和八字，卻在「劉十四娘」的旁邊，註了行小字，「字芳晚」。

芳晚。劉娘子全身都發冷了，心底感慨得幾乎疼痛起來。

她前世，姓方名婉。

轉世奪舍，在劉家苦熬的時候，她也曾經希冀，張三公子能親手為她取字……不都說「待字閨中」嗎？生為劉家的小姐已經太苦，卻連個正經名字也沒有。

沒想到這胡鬧似的假婚姻，陸三公子還認真的取了個字，巴巴的送來。而這個字，和她前生的姓名，居然同音。

她淒然想了會兒，取來一張紙，寫著，「寂寞開最晚」。就交給侍墨回去。

第二天，侍墨又來了。笑嘻嘻的遞給她一張箋紙。上面寫著，「無意苦爭春，一任群芳妒。」

劉娘子看得啼笑皆非，「……你家公子還有話嗎？」

「公子無甚話。」侍墨低頭，「公子看了少夫人的信，只說，『並非花最晚，乃占一春魁』。」

「油嘴滑舌。」劉娘子撇了撇嘴，「四喜兒，搬罈梅酒給了侍墨去。」

四喜兒瞧他們這樣打啞謎，心癢難搔，叫個實習丫頭去取酒，悄悄的問了侍墨。

侍墨從小跟著陸三公子習文練武，不像四喜兒著重實用，有幾分文人氣息。他笑嘻嘻的說，「咱公子給少夫人取了個字，叫芳晚。少夫人回信感嘆她是花開最晚的荼靡，公子又回信啦，說不是的，少夫人是不肯爭春的梅花，別人說三道四，是忌妒她呢。」

侍墨壓低聲音，湊近四喜兒，「公子講的那話……他連寫都不好意思寫。意思是說，少夫人不是荼靡花，而是占春天第一的梅花。心底愛得很呢……」

四喜兒雖是老姑娘了，聽什麼愛不愛的還是羞極了，她將梅酒往侍墨那兒一塞，「姑娘說得沒錯，油嘴滑舌！都不是什麼好東西！」轉身就跑了。

「女先生臉皮還這樣薄？」侍墨咕噥著，不知道為什麼，也不好意思起來，抱著酒趕緊回去了。

全家鬧喜事，反而女主角無所事事，天天陪著慎言讀書。

雖說婚後還是要回到劉園的，可總不能讓新郎倌嫁進來，花轎還是得抬進陸家過個場。雖說只待九日回門就要順理成章的搬回來，但她還真沒跟兒子分離這麼久過。

慎言雖然說不用擔心，四喜兒也會留在慎言房裡，上上下下也絕對不會讓他委屈，可就是捨不得。

「要不，咱不嫁吧？」她和慎言商量。

慎言抬眼瞪她，「人而無信，不知其可。我不是小孩子了。我已經九歲，九歲！」

「小鬼一個。」劉娘子撇嘴。

「妳自己說的，心智成熟和年齡沒有正相關。」慎言專心一意的練書法。

「既然這麼成熟，下個月和下下個月的零用錢就免了吧。」劉娘子臉一板。

慎言趕緊擱筆，露出天真無邪的笑臉，「娘，我就是小鬼，您大人大量，幹嘛跟我小鬼置氣呢……」

可還會打趣劉娘子的慎言，在花轎出門的時候，還是沒忍住，哇的一聲放聲大哭。劉娘子心一疼，連聲喊著要下轎，慌得侍墨和四喜兒一個哄一個，好不容易才勸服了。慎言讓侍墨抱著，抽噎的看著他的娘嫁了出去。

劉娘子也一路哭，妝淚闌干。她隱隱有點害怕，又有些後悔。不知道她這樣冒失又荒唐的決定，到底是對是錯。

這門婚事，陸家老夫人非常非常不滿意。若不是老三展現了一下他的實力，輕輕一掐就掐中陸家產業命脈，她說什麼也不會鬆口。

最後是大少夫人輕聲軟語的說，陸三少連祠堂都沒得進，不過是個庶子。就算娶妻也不礙陸家什麼，只是要個明媒正娶的名分罷了。

陸老夫人一聽有理，只是心底還是來氣，使了族裡親眷去新房，給這個名義上的三孫媳教點「規矩」。

這些女眷早就把劉娘子打入「不貞」的行列，摩拳擦掌的想讓她明白陸家的門不是好進的……哪知道劉娘子一個鄉間棄婦，卻有那麼多「娘家人」，滿屋子滿滿當當，當中還有幾個官夫人。

民懼官如虎，就有一半多暗打退堂鼓。有那比較潑辣的明嘲暗諷兩句，劉娘子還沒反應呢，那些「娘家人」立刻把話甩了回去，明槍暗箭的噎得那些女眷滿面通紅又復白，居然個個銅牙鐵齒，無處下手，只好訕訕而退，納悶劉家明明敗了，哪來這些「娘家人」。

殊不知，劉娘子還是劉姑娘的時候，十一、二歲就幫著當家主母管家，十四娘丫頭已傳賢名。雖然大半嫁與商家，但也有少數的讓窮書生求了去。

天下男人也不盡是陳世美，當中有幾個扶持著夫婿考取功名，當起官夫人了。可這些少數的窮書生能走上仕途，靠的是劉家丫頭間的姊妹情，和十四娘明裡暗裡的資助。

雖說商戶身分低，勝在有銀子。士的身分高，卻沒銀子寸步難行。商家需要官家的庇護，官家也需要商家的資助，靠著「夫人外交」，這些官商之家構成一個互相扶持的交際網，互相認為連襟，隱然是興起新貴。

雖說官職猶低，商家也小，但架不住人多力量大。幸好這些姊妹和連襟都謹守底線，互相扶持而已，倒沒有魚肉鄉里。畢竟還記著別讓主家失了體面。

這些劉娘子不但始料非及，詳情更不知曉。她只能說是無心插柳柳成蔭了。當初只是愛惜身邊的人，自己丫頭的夫婿刻苦肯上進，能幫點是幫點。她也沒想教出什麼賢能的丫頭，只是可憐這些女孩兒居然無甚出路，只能巴望著當妾，個個往不歸路走。

她也只是想，就是奴僕也分三六九等，好歹教出個預備管家娘子，將來不會嫁得太差。當丫頭也不過十來年，當人媳婦兒的日子才是長遠。肚裡有料，不用靠好顏色，嫁人當家色衰後還能仰靠兒孫不是？若能自己給孩子開蒙，就算當個識字的農夫，也不至於看不懂官家告示，讓人矇騙去。

衍生成一方新貴，她還真是完全沒有心理準備。

把人都趕跑了，這些吱吱喳喳的舊日丫頭，不管規矩的幫她掀了蓋頭，扶著她重新洗臉勻妝、互訴別情，催席幾次才依依不捨的走了。

她心底倒是有點內疚。這些舊伴高興得都哭了，慶幸她終生終究有望，可她也不能明講。

走個過場而已，她名義上的新郎倌，可還是有隱疾的呢……

胡思亂想得半打瞌睡，一身酒氣的新郎倌終於進來了，瞅著她笑，不知是酒還是羞，臉孔紅撲撲的。

劉娘子有些摸不著頭緒。虛凰假鳳也這麼開心？也是，洞房花燭夜乃是小登科。

「……芳晚。」上善低低的喚。

她微微驚跳，心底感慨萬千，悄聲的應了。「……夫君。」

「妳喚我持盈即可。」上善輕輕的說。

劉娘子芳晚抬頭看他，微帶詫異。照規矩只有長輩和親友可以喚他的字……

這是把我當朋友看待？

「持盈。」她微微笑。

盯著看了她很久，上善想近，卻又覺得自己一身酒氣，唐突佳人。離身去洗漱，他又不安心。轉了幾百個彎才把她拐到手，一時間真捨不得離半刻。

「持盈，你不洗漱麼？一整天很累了吧？」瞧他不動，芳晚起身去拿了他的衣衫。

「我來，我來。」心底一蕩，他羞澀宛如少年，「還是妳先？」

「你先吧，我卸妝拆頭髮的工夫可大了。」她輕笑。

芳晚倒是沒想太多，自去洗浴。等她出來的時候，上善已經面著牆躺下，讓出半個床。

這麼多年獨睡早已習慣……現在還得重新適應。天氣熱，獨眠猶可，還多個人擠……這婚是結得對還是不對……

一面胡思亂想，一面躺下。才剛躺穩，上善已經翻身壓在她身上。芳晚的眼睛睜得很大。

硌得慌。

怎麼會？他不是有隱疾嗎？

上善發現她全身僵硬，不免有些懊悔太心急。隱隱約約，他知道張三公子和她感情一直不好，極少來她房裡。比那不經人事的少女，也沒強到哪去。

「芳晚。」他輕聲喚著。

「啊？」依舊沉浸在強烈的震驚中的芳晚，下意識的應了一聲。卻沒等她回神，上善已經吻了上去，誘哄的唇齒纏綿。

硌得更慌。

怎麼辦？怎麼辦、怎麼辦？芳晚被吻得有點迷糊，心底僅剩的清明就在這三個字上打轉。

跟他說實話？男人受到這樣的打擊，會不會就此弄假成真，從此再也「不行」？不帶這樣殺人不見血的。

還沒等她理出頭緒，上善已經把手伸入單衣的衣襟了。

「……輕點。」她含含糊糊的說。

「什麼？」上下其手的上善正在想辦法單手打開她衣襟的鈕釦。

「我說，輕一點。」芳晚哭笑不得，「那不是麵團，別使那麼大的勁兒。」

上善停了手，埋在她頸窩笑了很久。「……我有段時間沒碰女人了，有點生疏。」

她咳了一聲，「那不如就好好睡一覺……熱得很……」

「我不熱。」上善拿鈕釦沒輒，乾脆扯綳了，「多練習就熟了……」

早上起床的時候，芳晚默然無語。

她錯了。上善沒有隱疾……而是「寡人有疾」。被他「練習」了大半夜，她不但腰疼、腿疼……身上不知道多了多少瘀青和牙印。

「……你屬狗？」她對著上善怒目而視。

上善一臉平靜的幫她穿衣，「小生屬龍。」

「騙人！」芳晚一整個悲憤莫名，「你明明像個餵不飽的狼！」

「餓久了。」上善心情大定。木已成舟、生米都煮得稀爛，不怕她跑了。

忍了忍，她還是沒忍住，「我、我以為……我以為你那個，不成，才嫁給你的！」

上善的神情非常古怪，等芳晚期期艾艾的說完，他忍不住哈哈大笑。雖然有點傷自尊，但誤會得好，誤會得好！

不誤會還娶不著了。

「娘子放心，我對別的女人，一樣『不成』。」看芳晚還在瞪他，他很大氣的擺手，「貨物出門，概不退換。」

「……奸商！」

「小生豈敢受娘子如此謬讚……受之有愧、受之有愧啊。」上善笑咪咪的說。

在陸家的首戰就精彩紛呈。

新婦進門，第一天清晨必須向長輩奉茶。上善的父親、嫡母已過世，祖父也早歸天國，家中長上只有一個祖母，說起來人口簡單。

但壓著怒火的老太太，決定把所有怒氣都一口氣包圓了，讓芳晚嘗嘗孝道的沉重。

一般來說，應該給個錦墊好跪下奉茶，但丫頭只捧來茶盤，地上光光，就是要她跪在冰冷僵硬的青石磚上。

可惜，芳晚是從劉張兩家翻滾打爬出來的內宅人精，早已穿上內襯棉花的護膝，說跪就跪，態度從容，姿勢優雅正確，輕聲細語道，「陸門劉氏孫媳，請老太太飲茶。」

老太太眼觀鼻、鼻觀心，專心的數佛珠，像是沒聽見。她下定決心要晾著，先讓她跪個把時辰再說。

大宅院爬出來的都有一把好耐性，只見二少夫人掩著帕子笑，大少夫人慢吞吞的品茗，大公子、二公子低聲交談。堂下跪著新婦，三公子站在一旁。

氣氛越發詭異尷尬的時候，上善自言自語的說，「都入秋了，還這麼熱。看起來時氣這樣不好，秋疫又要流行呢……」

該死的東西！忘恩負義的中山狼！老太太變色了，心底翻江倒海的痛罵不已。不想想陸家養他這麼大，居然恩將仇報反過來威脅她！她發誓，要把所有的人好好梳理一遍，絕對不讓老三就這麼掐著。只是需要時間……

老太太粗魯的接過茶，隨便碰了碰脣，扔了一本女誡就算完了。看到這樣「實用」又簡薄的禮，芳晚差點沒笑出聲，不過她還是恭敬的磕了頭，又一一向兄嫂行禮，這次就沒遇到什麼波折，誰也不想暑疫發完發秋疫是吧？一家大小要吃要喝的。

這關倒是輕輕巧巧的過了，出了廳堂後，上善和芳晚相視一笑。

老太太又和芳晚鬥了幾場，完敗。

她招芳晚去訓示，早上賜的女誡，晚上就要背。哪知道她張口就來，老太太雞蛋裡挑骨頭，反而讓她引經據典兼連消帶打的蹭回去。

芳晚心底暗笑，比起張家老太太，陸家老太太還真是個慈和人。

第二天，老太太又把她抓來找碴，要她背陸家家訓。

她不慌不忙，笑語盈盈，「回老太太，孫媳尚未聆聽家訓。」

老太太冷然一笑，讓身邊丫頭把半尺厚的陸家家訓捧給她，「三孫媳，妳婆婆過世得早，說不得我這老婆子得多操心，妳就在那兒背熟。我聽著。」

攢緊厚敦敦的家訓，芳晚溫笑，「聽老太太教誨是孫媳的福氣，婆婆在天之靈定是感激的。」她磕了個頭，「聽聞陸家書香傳家，都是老太太嚴守家訓的關係。想來陸家家訓能倒背如流。孫媳這就洗耳恭聽，請老太太教誨，然後復誦，您看可好？」

……居然要我背家訓?!老太太舉起杯子砸了過去，「大膽！」

芳晚生受了，打得肩膀有些疼，潑了半臉茶水。她哎呀一聲，倒了下去，臉孔滲出血來。

族裡陪坐的女眷都站了起來，族長夫人按輩分說是老太太堂嫂，沉下了臉，但別人家的事情，她也不好說什麼。雖然她也不喜歡這個姪孫媳，但當著她的面把人砸出血來，傳出陸家虐待媳婦兒的事情，也不是什麼光彩事。

萬一鬧出人命呢？

「六弟妹，還是請個大夫為是。」族長夫人淡淡的說，「時刻也不早了，家裡還有事，日後再聚吧。」竟不等陸家老太太說話，轉身就走了。

人都昏了，難道還潑水叫醒背家訓？只好讓人把她抬回去，叫了大夫來。

在前面陪客的上善聽聞大吃一驚，趕回持盈居，見芳晚裹了半面傷，臉色立刻陰沉下來。

「假的。」芳晚附耳說，「我不想背陸家家訓。」細聲說了在堂的情形。

上善臉色更黑，卻輕聲說，「我正找不到由頭鬧呢……幹得好。」

他真的怒氣沖天的跑去辭別，三日就回門。

「你們家親戚，倒都實誠。」芳晚笑嘻嘻的說。

上善隨她上了馬車，「一個個缺心眼吧？還實誠。二嫂跟妳說什麼？怎麼臉黑成那樣？」

「沒啥。」芳晚笑笑，「二嫂說我果然是兩門子歷練出來的，忒乖滑。」

上善心底暗道不好。這個二嫂向來暴躁驕傲，明刀明槍的嘲諷芳晚嫁過兩回。

「我回她，二嫂也是兩門子歷練出來的，莫怪那麼知書達禮。」她掠過一絲狡獪，「她就生氣了。我就問她啦，難道她不是從娘家教養，到夫家受教導嗎？這不是兩門子？莫非她有三個娘家、五個夫家？」

「妳這嘴，真不饒人呢。」上善笑了出來。

「跟她不是拜同個祠堂的，我才懶得應酬。」芳晚似笑非笑的，「若不喜歡我這樣，趁早講……」

上善用力握了握她的手。「我這人死心眼，說一不二。」

「……我不懂。怎麼想也沒想明白。」芳晚皺了眉。

上善沉默了很久，「我想有個家。」他的臉漸漸的紅起來。

「我早過摽梅之年啦。」芳晚有一點無奈。

「……娘子，誰言不可梅開二度。」上善握著她的手，輕撫她的臉龐。連那道突兀的疤痕，都越看越順眼。

如果是她，可以的吧？一個家，沒有血緣卻很溫暖的家。浮萍似的人生，終於找到可以停泊的避風港，對吧？

「你喊我娘子的時候，」芳晚愁眉，「怎麼覺得像是喊我『娘』呢？這真的是正常的婚姻狀態嗎……？」

上善帶著些微怒氣和好笑的身體力行，讓她了解，他的確是把她當成「娘子」，而不是「娘」。

他們最後披頭散髮、衣衫不整的下車，日後讓長大的言兒，足足笑話了半輩子。

後記

上善和芳晚婚後，與慎言成為一家三姓，沒有血緣卻非常溫暖的家。慎言漸漸長大，卻覺得他的父母雖說不是相敬如賓，卻也如友似朋。他到十四、五歲，漸漸知曉人事，開始同情深愛母親的父親。有眼珠的人都看得出來，父親愛母親若命，母親卻一貫那般雲淡風清，似是沒有什麼可以擱在她的心上。

他原本就心細，臨到要去南京讀書時，越發不放心，終究還是跟母親問了。以為母親不會回答，但她深思之後，說了一個故事。

有隻狐妖隱瞞身分嫁與人為妻，卻生下一個有著狐尾和狐耳的女嬰。丈夫驚嚇之餘，將女嬰裝在竹箱中，貼上卻狐的符咒，卻和狐妻繼續過日子，只是說什麼都不把女兒放出來。

狐妻深恨，卻為了女兒繼續留在家中，最後那男子得狐妻之助，成了一方富豪。

只是男子卻從此衰老得很慢，為了害怕其他人畏懼的眼光，攜著竹箱帶著狐妻在深山隱居。

直到有一天，狐妻找到機會，誘騙迷途旅人撕掉符咒，放出自己的女兒，正想決然離去時，男子卻求她們不要離去，並且原諒他。

男子說，「我害怕妳被我知道身分，就此離去，才扣留女兒。」

狐妻說，「我永遠不原諒你，絕對不原諒你……」卻淚流滿腮。

在她落淚的時候，男子含笑著闔目，所有的歲月堆積上來，終成枯骨。

原來，狐妻的恨是種詛咒，能夠讓男子停滯歲月。不恨了，原諒了，壽元早盡的男子，也就死期將至。

他的母親笑笑，「我都不記得是哪部漫畫的情節了……只是記得這樣清楚。」

她安靜了一會兒，「我早就明白，愛情這回事是動不得的。一旦動了，就煩惱叢生，平添無數變數。我能平安從張家出來，就是因為我並不愛張三公子。若失了這方靈台，慢說性命不保，更無謂的往自己的心添上無數傷。」

慎言一臉不解，「娘，妳不是說，我當愛自己妻兒，不給他們添堵？」

她苦笑了幾聲，「……是呀。你是我的兒，會聽我的教誨……」

「妳不信爹？」

「不是……不算是。」她笑了一會兒，「是我的問題。我若動了心意，就會失去那個人。我、我不想失去你爹……」

像是狐妻想盡辦法恨自己的丈夫。心底不恨了，嘴裡也要恨。不然就留不住，留不住。

她不就是……才對張三公子萌生了絲毫愛念，與他同床共枕，最後落得失去那個人和一切嗎？前世今生，這樣的例子還會少了嗎？

他們不知道的是，門簾外站著一個人，已經聽得痴過去。

還以為，他終生必抱著如此遺憾，哪知道，早就攢著孤傲火梅的心。他默默的走了出去，風中傳來蠟梅怒放的暗香浮動，就像那個元宵夜一般。

她不想失去我。她心底是有我的。

閉上眼睛，他仔仔細細的體會這份甜味兒，醺然欲醉。

（再綻梅完）

浣花曲

轆轤發出吱吱軋軋的聲音，她吃力的轉動，試著把水從深井裡打上來。

時值三月，雖說已經是春末，對生長在亞熱帶的她來說，風還是很冷的。但太陽和勞動，卻讓她全身冒汗，半新不舊的棉衣當風一吹，會打冷顫。

即使已經一年多了，她還是不怎麼適應這樣的溫帶氣候。

等吃力的把井水倒入水缸中，她鬆了口氣，軟綿綿的靠著大水缸坐下喘著，瞇著眼睛看著蔚藍的晴空。纏著破布條的手指不斷顫抖，有點黏黏的，鑽心的痛，大概又蹭破了水泡。

她又打了桶井水上來泡泡疼痛的手。幸好今天的活兒大概都幹完了，只剩下做晚飯而已。

即使這個時候，太陽也才偏西，離落下還很遠。不過等摸黑就不要想做飯了，豆油是很貴的。

和一年前不同了，現在每頓飯都很珍惜、美味。比起鄰家，她已經是很富足的了，餐餐都可以吃撈乾飯，還是珍珠大白米，一點雜糧也不用摻。鄰家都知道她過得富裕，家裡老幼生病的時候會來借點白米——這可是生病或嬰兒才有福分吃的好東西。

她撈起鍋裡翻滾的白米飯，就著滾水撒下一把只有拇指長的小白菜和一小握春韭，趁著青脆撈上來，放點豬油和鹽巴醬料，灶上另一小鍋的竹筍蓋著鍋蓋連殼煮，殺青撈起置涼。

白米飯上是青脆小白菜和春韭，帶著一點豬油的濃香。把灶下的灶門關上，讓米湯小滾著。她端著裝著菜飯的大瓷碗，拿起竹筷，走到屋後向晚的小崖，盤坐在青草地上，看著崖下碧粼粼的拉藍湖，美美的吃晚飯。

沒想到只是一年而已，快樂可以這樣的簡單——在夕陽下看著湖水吃飯。

她叫白翼……如果沒有記錯的話。或者，她沒有發瘋的話。應該是這名字沒有錯。雖然她會感到迷惘，摸不著頭緒。可是當生活簡單到只剩下吃飯、睡覺、工作，那些迷惘變得非常不重要。

她是一年前來到這個群山環繞的盆地村子。正確的說，是離這村子兩里左右的樹林裡。

到現在她還沒怎麼搞懂，她到底是死了還是活了。明明應該是從學校頂樓跳樓了……可怎麼會在這風光明媚的「陰間」？中間的路程去哪了？

還是說，事實上她已經成了植物人，這是一場漫長而連續劇般的大夢？

她還真的不知道。

但被她壓死的人……觸感和血腥味還滿真實的。

有個蒼白的皮包骨先生救了她……大概吧。皮包骨先生看她憑空出現，一點驚訝的表示也沒有，只是跟她默默相對了五六分鐘。她是太愕然，對方是怎麼想的，她就不清楚了。

可那個好心的皮包骨先生塞給她兩個元寶（幾乎可以當古董），一言不發的指了山村的路，就很武俠的「樹上飛」了。

那個山村叫做盧家村。她渾渾噩噩的走入村子，發現他們講的話很像閩南語混合廣東話，讓她比手畫腳半天，因為她肚子餓了，想買點東西吃。

穿著古裝的村民快被她嚇死，她也快被這些很有古風的村民嚇死。

終究她還是沒買到任何食物，因為那兩個元寶剛好是二十兩銀子，在山村是很大很大一筆財富，根本找不開。

村民好心的給了她一碗雜糧粥，沒要她半毛錢。

那碗雜糧粥，事實上很粗糙，沒鹽少醬，很難吃。可她餓了。跳樓前她除了點滴，已經快四天沒吃任何東西。

吃東西的感覺，很棒。她怎麼會遺忘這種滿足感，想把自己活活餓死呢……？

少見外人的村民不喜歡她，甚至有些畏懼。但他們還是收留了白翼。東家一塊樹薯，西家一碗稀粥，甚至還讓她睡在糧倉旁的小隔間。

兩個月後她才能結結巴巴的和人交談，村長還賣了離村莊不很遠的崖頂小屋給她，附帶好大一片的山坡地，只收了她十兩，還幫她添置了整套傢俬和四季衣裳。

雖然等她聽說流利些後，被大媽大嬸告知，她吃了大虧，村長很黑心之類的……其實她還挺感激的。

她居然沒被下黑手打死搶劫，村長只是貴賣而已，還幫她留了一半的財產。

剛開始的時候，真苦。嬌滴滴的，什麼都不會。銀錢在這樣的山村用處很少，除非是離山買耕牛、菜種、農具之類，不然幾乎都是以物易物。

等她聽得懂小孩子笑罵的「乞丐」、「懶婆娘」以後，她就試著自立了。很累，什麼都要學。幸好小時候是爺爺奶奶帶大的，她在農村混過整個童年，直到國小畢業才跟父母團圓……不然真的雙眼一抹黑。

但從頭學起還是很辛苦的。搭瓜棚啊、菜棚啊，都是村子裡的鄰居幫忙的，還分了一些菜種給她。雜草橫生的菜園也還開墾得出來，甚至看她可憐，借了她一把鐵鋤頭。

可她一雙手還是起了水泡又磨破，結痂又裂開流血，嬌貴得不得了。力氣小，扛不起犁，山坡地又沒辦法開墾成水田。有段時間，她以為會餓死，連生火都不會，砍柴遇到蛇就尖叫。

但是，一天累得虛脫，看著夕陽下的波光瀲灩，吃著半生不熟的飯，卻覺得很幸福，很想活下去。

她很感謝皮包骨先生。

那二十兩銀子讓她擁有了崖上小屋和山坡地，還讓她買了兩條耕牛呢！村子裡她是唯一擁有兩條牛的人，大家都來跟她租。租金就五花八門了，有時候是一把菜種，有時候是一小包米，講定就好。

白翼過得還不錯。甚至有輛破舊的板車，能夠套上耕牛，搖搖晃晃的去山下小鎮把多出來的糧食青菜帶著趕集。

她告訴村民，她是番邦女子，大家也就相信了。

有些時候，連她自己都相信了。

吃完了一大碗飯，她呼出一口氣，擦了擦鼻尖和額頭的汗。舀了一碗白米湯，已涼的綠竹筍去殼，豪邁的切成大塊，丟進米湯裡。就著還有點油腥醬味米粒的碗，狼吞虎嚥著脆若幼梨的竹筍，喝著淡甜味的米湯。

雖南面王亦不易矣。

* * *

那是一個夏意漸濃的午後。

她正在收曬乾的長豆，吃飽了陽光，發出一種懶洋洋的氣味，混合著葫蘆花的青澀香氣，蜜蜂催眠似的嗡嗡。

直起腰，脊椎發出咖咖的聲音。滿沒用的。這麼一點活兒，就做得想死。村子裡的女孩子，十三、四歲擔著水可以飛跑半里路。她院子裡有水井，才幾十步路就提得她虛脫。

沒辦法，她若是男的，井邊洗澡都行。但就算是提冷水，她也得提進廚房的水缸裡。

她突然覺得，空氣中似乎有種甜腥味。

白翼轉頭，卻嚇撒了竹筐。一個陌生男子站得離她很近，只有三步遠。可她一點點聲音都沒聽到，那個人直直盯著她，也不像有呼吸。

「妳還活著。」他開口了，聲音很啞。

她眨了眨眼睛，極力辨識……「皮、皮包骨先生？」白翼整個大驚。

原本的皮包骨長了肉，從骷髏往白無常的方向前進，才讓她一下子認不出來。

「我叫烏羽。」他身上有兩把劍，一把握在手上滴血，另一把插在手臂上，當然也在滴血，「能借水嗎？」

「……水井在這邊。」白翼趕緊引他穿過菜園，使盡力氣打水上來。但白翼實在打得太慢，烏羽一隻手就幹掉她了，飛快的打上來。就著井桶就開始狂飲。剩下的澆在身上，沖洗著血污。

「妳有衣服嗎？」他漠然的問，像是手臂不是自己的，眉頭都不皺就把劍拔出來，立刻噴血。

「……可能不太合身，我去拿。」白翼轉身衝進屋裡翻。為了幹活方便，也因為她是很可悲、連衣服都不太會穿的「番邦女子」，所以她通常都穿男裝。鄉下人總是把衣服做大點，才方便拆改，她穿的往往就是那種袖子和褲子摺上好幾摺的那種，每一件都太大。

她匆匆拆掉褶線，衝到井邊……又尷尬的轉過身來。

烏羽倒是很大方，脫個精光，在井邊沖水。她什麼都沒看到……頂多就看個背面。武林高手就是武林高手，瞧那腰線多美啊……但也美得很致命，搞不好就一劍飛來。

「那個，衣服。」白翼訥訥的說，她小心翼翼的蹲身，把衣服和布巾擱在石頭上，「擺在你身後，我、我去做飯……」

雖然這時間吃午飯太晚，吃晚飯又太早。

不過她還是盡量展現最大的誠意。開玩笑，救命恩人呢。所以她甚至忍痛攤了兩個雞蛋，用煎過雞蛋的鍋子，拍了幾瓣蒜，炒了一盤香噴噴的莧菜，又燜了一條蒲瓜。

實在她沒桌子，只好把長板凳搬出來權充一下，等她把菜飯搬到院子，烏羽已經打理好自己，拖著一頭濕漉漉的頭髮走過來了。

「不好意思，很簡慢。」她連連道歉，「我只有兩條長板凳……」遞給他一碗白米飯。

烏羽愣了一下才接過來，拿著筷子，卻沒有馬上吃。

白翼也犯難了，她不太清楚這個地方的禮俗……是不是主人要先動筷？她每樣菜都夾一點吃，「請用，請用……我不太懂禮儀，不好意思。」

他神情柔和了一點，用一種恐怖的速度消滅所有的食物。

……多久沒吃飯了啊？

最後他連白翼留著明天早餐喝的米湯都喝個精光，才擱下筷子。

「……我會付錢。」他嘶啞的說。

發呆的白翼大夢初醒，連忙搖手，「不不不，不是那回事……糧食我儘夠的！是我沒算好飯量……那個，我看你很瘦……」她語無倫次了一會兒才鎮定下來，「你是我救命恩人，放開量吃就對了。我再去煮飯……」

「夠了。」他收拾碗盤，就去井下洗碗了。

……這麼自動自發。白翼搔了搔頭，進屋裡收拾了一下，取出多的棉被。這崖上小屋很簡陋，只有廚房和堂屋，開門就是床，廚房連門都沒有，就道簾子。

「那個，烏羽先生，」白翼對著在廚房放碗盤的烏羽喊，「你睡這兒，請你委屈一下。」

他冷冷的目光刺了過來，「我在簷下就行了。」

「你不要客氣，」白翼擺手，「反正這床我從來沒睡過。我都睡樓上的。」

烏羽抬頭，看著簡陋的茅草屋頂，眼神出現一絲迷惑。

等白翼沿著繩梯爬上去，他才知道何謂「樓上」。那是一層毛竹排，本來是擺雜物的，離屋頂只有一臂半高，得用爬得進去。

白翼鋪了些乾草竹席，就在上面睡了。

「繩梯輕多了，以前竹梯才累呢！」白翼解釋，「這裡挺好的……可到處都有潑皮不是？我若是男的就好了……女生就是麻煩。」

「誰？」烏羽的聲音更啞，卻更冰冷。

「不知道……也不重要啦。」白翼趕緊說，「頂多來鬧鬧，又上不來。吵吵就走了，不會偷雞摸狗，也不會順手牽羊……我是說牽牛。沒關係啦。」

「欺負女人。」他冷哼一聲。

「番邦女子嘛。」

「妳不是。」烏羽回答的很乾脆，走進屋裡，在床上躺下。

「那個……皮……我是說烏先生……」

「不姓烏。」烏羽闔著眼睛說。

「……烏羽先生，你的傷怎麼樣了？」

「上過藥了。」

「你還餓嗎？」

「不餓。」

「要喝水嗎？」

「不渴。」

問了很多句廢話，白翼握緊了雙手，鼓足勇氣才把她想問的話問出來，「那、那個……皮包骨……我是說，烏羽先生……我、我還活著嗎？」畢竟烏羽先生是她第一個見到的人……被她壓死那個不算。

他總該有真相吧？

一片寂靜。

「妳喘氣不？」烏羽冷冷的回答，翻身面著牆壁，「安靜。」

白翼還真的探了探鼻息。

第二天，白翼揉著眼睛放下繩梯，磕磕絆絆的爬下來，一出大門就看到烏羽漠然的磨著鏽跡斑斑的柴刀。太厲害了。她心底暗嘆。一年了，她還不會磨刀，常招村子裡的女人笑。

「烏羽先生，早安。」她敬佩的打招呼。

「我不是先生。」他掬了把水淋在柴刀上，「直稱烏羽便行了。」

「我叫白翼。」

「……我沒問妳。」烏羽連頭都沒抬，「怎麼寫？」

他識字欸！白翼一整個大驚。全村識字的人加起來沒三個，她更敬佩了。蹲下身，她在泥土地上寫了自己的名字，「我去做飯。」

烏羽瞥了眼，眉頭皺了起來，表情依舊平靜，只是眼底有些失望。但他還是磨好柴刀，提著進了屋後的竹林。

等白翼熬好了一大缽白粥，端上蔥花攤蛋和水煮辣拌甘藍時，瞠目看著院子裡剛「長」出來的竹桌竹椅。

烏羽一言不發的接過去，放在竹桌上。

「我沒有鋸子，也沒有鐵鎚、鐵釘……」白翼喃喃的說，眼神失焦。

「一把柴刀就夠了，要那些做啥？」烏羽進了廚房端出整鉢的粥，連塊布都不用墊，像是一點都不覺得燙似的。

白翼暈頭轉向的取了碗和筷子，整頓飯都滿眼不可思議的看著平整漂亮的竹桌，這實在是太強悍了。

「白翼。」烏羽突然喚她。

「啊？」她茫然的抬頭。

「妳真的叫白翼。」烏羽苦笑了一聲。

「叫白翼有什麼不對？」她摸不著頭緒。

烏羽低頭繼續吃飯，沒再說話。

他的話很少，白翼也不知道跟他說什麼好，畢竟完全不認識。她每天的活很多，要餵雞、揀蛋，又因為她天天洗澡，每天都有很多衣服要洗。還有一個菜園要打理，只有一個人要吃，太多的時候要想辦法弄成醃菜或菜乾。

現在不是翻土犁田的季節，兩條耕牛要帶出去吃草，她也得去揀柴。

烏羽有時在家，有時跟在她後面看著，像是個一言不發的監工。

第三天的中午，在樹蔭下吃飯的烏羽開口，「妳不是種田的料子。」

白翼有些沮喪，「我的確扛不動犁，扶不穩。」

「妳連種個菜園都太勉強。」烏羽老實不客氣的說，「不對，餵個雞都讓雞欺負。」

白翼咬著筷子，都快掉眼淚了。「……你幹嘛說出來？專在傷口上撒鹽！我在學了！總有天我會成為農業專家……」

「就這雙手？」烏羽鄙夷的瞥了眼傷痕累累還會冒水泡的手，「妳手太嫩了，不容易留疤，更不容易成繭。」

「……精誠所至，金石為開。」白翼沉下臉，很不痛快的吃飯。

她承認，做農事，她很笨。但一整年了，她還是把自己養活，沒餓死。

這是她很珍惜的成就。

「我帶妳去城裡，買套院子，幾個婢女。」烏羽語氣很淡然，「妳安心過活吧。」

白翼微微張著嘴，烏羽一臉平靜。當然，她不是嫌棄烏羽不帥……他雖然不難看，但也沒什麼好看。簡單說，他長得非常普通，普通得異常堅持。把他扔到人群中，馬上認不出來。

但她也不怎麼美……自己很明白。以前可以卡個中等美女的名頭，是許多昂貴化妝品和苦心鑽研化妝術，以及慘絕人寰惡性減肥的結果。

這一年，風吹日曬，完全沒有保養，飯能吃飽就是絕大成就，怎麼可能有錢化妝……而且胖了很多。

她可不會認為烏羽眼睛脫窗……而且烏羽也不像對她有意思。

「為啥？」她搔了搔頭，「我現在挺好。」

烏羽研究似的看了她一會兒，「衣食無憂，不用作苦工，妳不要？」

「不要。」白翼一口回絕。

烏羽的神情柔和下來，神情有些惋惜，「就可惜這樣美的手。」但心情一下子晴朗了，多吃了三碗飯。

吃過飯以後，烏羽自動自發的幫白翼修竹籬笆，蓋雞舍，幫她把屋頂的茅草換了，甚至重新蓋了一個真正的半樓，扔掉她編得歪歪扭扭的繩梯，重新編了一條又結實又輕又好上下的，把她家裡所有的刀都磨得錚亮。

「謝謝。」白翼非常感激，「只是這樣我欠的恩情就更多了。」

「我來的時候，煮飯給我吃就好。」烏羽還是淡淡的，掏出一張一百兩的銀票，「預付飯錢。」

……一百兩。這要吃到多少餐才算完啊？

「妳買些羊崽來養好了……」烏羽輕嘆一口氣，「雇個小孩來放，妳自己放可能會被羊頂了。」

「……不至於好不好?!」白翼快翻桌了。

烏羽沒跟她糾結，「妳不敢殺羊，就送去給村長殺。逢年過節的，趕個一兩頭去，殺了就分給全村。妳一個女人家在這裡落腳，多巴結點準沒錯。」

他沒再多說什麼，換上白翼幫他補好的夜行衣，看著歪斜的針腳，暗暗嘆氣，又有點好笑。

「備幾套我的衣服。」他淡淡的吩咐，「去估衣店買。妳的針線，我不敢穿出門。」

「……你為什麼哪壺不開提哪壺？嘲笑別人的短處是不道德的！」白翼沉痛激昂的指責他。

烏羽搖頭，瞬間就不見蹤影。

有時十天，有時兩、三個月，烏羽就來一次。

來時住下的日子也不一定，三天五天，最長不會長過七天。

白翼很納悶，她也才初初學會生火沒多久，控制火候更是笑話，這種沒有瓦斯爐的條件下，她原本不怎麼樣的廚藝更是抵達一個悲傷的低標。

但烏羽總是一臉平靜的來吃簡單的飯，更是一點表情也沒有的蓋牛舍羊圈，甚至幫她砍柴劈柴，整整齊齊的疊起來。

在冬天快來臨的時候，他淡然的說，「我的活兒快終了了，會有段時間很清閒。」

「什麼活兒？」白翼隨口問著。

「殺人。」

白翼把手底的籮筐給撒了，滿地滾著落花生。「……什麼？」她懷疑自己的耳朵。

「我是殺手。」烏羽的口氣很寧靜，像是談論天氣。

白翼微微張著嘴，眼睛睜得大大的。「……這職業，也太……不是很好吧？」

「是不好。」烏羽居然同意她，「可沒得選。祖祖輩輩都如此，家業難棄。」

他們倆就這樣面面相覷，對視良久。

「妳害怕嗎？」烏羽打破寂靜。

「沒有欸。」白翼搔了搔頭，「只是覺得殺人不好。」

「我也覺得不好。」烏羽語氣很溫和，「所以我殺人後，就會設法救一人。」

白翼指著自己鼻尖，烏羽點點頭，「像妳這樣的，沒有一百也有八十了。」

烏羽這一家族，是江湖赫赫有名的刺客家族，據說可以上溯到春秋戰國時代。他其實對殺人沒興趣，可生在這樣的家族，沒辦法，十二歲他就出了第一趟任務。

但殺人的感覺很怪異，不舒服。一直到他捨了二十兩銀子，讓一家流民沒餓死，才舒坦起來，從此養成了怪癖。

可暗殺無跡可尋，因此成仇的很少，救人反而救出許多仇家。

救了男的，覺得恩深難報，反而伺機想宰了他。救了女的，哭著喊著要以身相許，不願意還不行，什麼手段都來。

也有濟了一時之困，一年後回去探視，依舊窮困潦倒，硬要賴給他的。

五花八門，不一而足。而真的記恩的，十停裡也沒一停，讓他覺得滿好笑的。

他原想白翼也是這樣……瞧那手腳嫩成那樣，大概是坐吃山空的主。最好的結果就是嫁了人。可這密林山村，她想嫁做農婦大約也是做不來的。

完全沒有想到，她會手上纏著破布條，滿手水泡傷痕的幹活兒，有滋有味的過日子，大方爽朗的招呼他，卻沒想賴上他。

她這破舊的小家，住起來舒服。她那手拿不出門的家常菜，吃起來有味道。

「你運氣還真不好啊。救那些什麼五四三。」白翼滿眼同情，「職業風險又大，你們這兒又沒勞健保。」

「勞健保？」烏羽滿眼迷惑。

白翼為難了一會兒，「你可是親眼看到我怎麼來的……你怎麼不害怕啊？」

「那是幻術吧？」烏羽依舊平靜，「我在京城看過人上天摘蟠桃。我爹說，那是幻門絕學。難道不是？」

「不是。」白翼堅定的回答。

烏羽神情還是沒有變。作為一個高端殺手，動心忍性是最基本的修為，絕對不會一驚一乍。「那妳有空慢慢告訴我好了。先說我們剛說的。妳害怕不？害怕以後我就不來了。」

「你又沒要殺我，為什麼我要害怕？」白翼撓了撓頭，眼神轉認真，「你還救了我呢。沒你資助的二十兩，我說不定真餓死了。你職業風險這麼大，萬一真的死了，看能不能讓你親戚朋友跟我說聲，我也去送你一送。」

烏羽頭回笑了。

「我若失風被捕，不是曝屍，就是凌遲，家裡也絕對不會去收屍。我心領了。」

「那還是告訴我一聲吧。」白翼不大好意思的笑笑，「我盡力去收殮。」

烏羽沉默了。

良久，他才開口，「這冬我不接案子。」然後就走了。

＊　＊　＊

等冬天來的時候，烏羽也來了。

他不但自己來了，還帶了一批人來蓋房子。短短十天，就搭建了一棟精緻寬敞的竹樓。但他的理解能力可能有問題，因為他設計的臥室還是只有一間，應該是二樓的隔板只隔了一半，變成一個古代的樓中樓。繩梯成了竹梯，卻可以用絞盤輕鬆的捲起或放下，並且非常貼心的掛了繡滿春蘭秋菊的帳子，從樓下絕對看不清樓上。

白翼抓了抓頭，不是說古代禮防甚嚴嗎？

「我也不一定會在這。」烏羽給她看自己的竹床，指點她怎麼收起來。「我若不在，妳就把這床收起來，底下依舊可以起居。但妳還是睡樓上的好……萬一我不在，進來個毛賊什麼的，也能免禍……若是飛賊，」他拉著白翼上樓，指著牆上的一個燈架，「按動機括，妳就可以看到人形刺蝟了。」

白翼聽得寒氣大冒。幸好她睡相很好……不過還是找個桌子櫃子擋住吧。不然一個不小心，自己成了箭靶，那真是無妄之災。

「……這樣我恩情越欠越多了。」白翼有點苦惱。

「那就多煮幾頓飯。」烏羽淡淡的說，「我愛吃。」

烏羽帶來的人，蓋完竹樓，修整了牛舍羊圈，就走了。

這些人非常沉默，沒有一個直視過白翼，對待烏羽的態度非常恭謹。

碰了幾次軟釘子，她問烏羽，他淡淡的回答，「我手下的人。」

「殺手也會蓋房子啊？」白翼真是感嘆了。蓋得這麼棒，天氣越來越冷，在屋裡卻一絲寒氣也無。樓上樓下特地蓋了鐵爐子，專供燒炭，煙還用煙囪導出屋外。

只是炭要另外花錢買，又是一筆開銷。

「……該說妳很會過日子，還是說妳很笨呢？」烏羽嘆氣了。

第二天，改作倉庫的茅草屋多了十擔的炭。

冬天農閒，但還是很多事情要做。菜園撒了油麻菜籽準備養地當綠肥，牛舍羊圈要定期打掃、供水供草料，雞窩已經挪到茅草屋的一角，也得天天去餵。

但比起之前要清閒很多了，而且烏羽會搭把手。特別是殺雞的時候，那是他專門的活。

接近過年的時候，天空稀稀疏疏的開始飄雪。雖然已經看過一次了，在白翼眼中還是很稀奇。

她想，這個山村應該位在南邊，能夠種水稻（雖然只有一穫），但比台灣的緯度高很多，所以還看得到下雪的奇觀。

「妳想凍死？」烏羽把她扯進竹樓裡，塞了一碗薑湯到她手裡。

她笑呵呵的喝完薑湯，還是因為在雪地站太久感冒了。

因為發燒，烏羽沒准她出門，但她擔心牛羊和雞，烏羽淡淡的說，「我雇人做了。妳養著吧。」

「可我想洗澡。」白翼苦惱。

「這麼冷的天，做什麼天天洗？」烏羽有些怒了。

「我是愛乾淨的農婦。」她又咳了幾聲，「你還不是天天洗澡，還洗冷水。」

下雪天還跑去井邊打水猛沖，非人哉。

「我是殺手。身上不能留一絲味道。」烏羽冷冷的說。

最後誰也沒說服誰，烏羽繼續去井邊挑戰人類極限，白翼邊咳邊沿著竹樓迴廊去新廚房燒水洗澡。

不過做飯、洗衣、農務，烏羽都接手了……或說他手下人接手了。可這些人像是家庭小精靈，感冒的白翼就沒看到一個過，卻什麼事情都做得好好的。

殺手真是一個神祕的職業。

養病只能吃吃睡睡，白翼無聊到撓牆。還不如去年冬天。雖然也病足了半冬，但每天都有做不完的活，生存危機大的時候，就沒空去想喉嚨痛。

「妳不是農婦的料。」烏羽凌厲的看了她一眼，「喝藥了。」

「感冒做什麼吃藥？又沒有用……」看著烏漆嘛黑的藥湯，白翼小聲的嘀咕，「多喝開水多休息就好了，浪費銀子……」

「喝！」

她皺眉苦臉的灌完，整個臉皺成一團，烏羽扔了個蜜餞給她，她連嘴都成了個米字狀，差點把烏羽逗笑。

「妳身體的底子很好，卻有奇怪的隱毒，雖然很輕微。」烏羽硬板住臉，「但妳畢竟是南人，不耐這種雪天，就不該在外面亂跑。」

白翼微微張著嘴，滿眼不可思議，「你怎麼知道？」

「脈象。」烏羽懶得跟她多說。

白翼給自己把脈，卻只會數心跳數。「沒想到你還是個醫生啊……」

烏羽無言片刻，「……殺人我比較在行。但連脈象都不懂，還怎麼正確的動手？」

不夠了解自己的獵殺對象，又怎麼能夠一擊必殺。

他不想跟她糾纏家業的問題，「妳那輕微的金毒是怎麼回事？」

「……工業污染吧？」白翼不太確定，「我來的那個地方，豐衣足食，可就是工業污染太嚴重了。」

烏羽很有耐性的聽她說，神情一點都沒變。工業污染要解釋起來實在太複雜，不得不解釋她的來處，雖然說得顛三倒四。

可烏羽的表情還是沒什麼變化。

「你也稍微驚訝一點吧？」白翼有點失落，「天上掉個大活人下來，你連眉頭都不動一動。」

烏羽有點為難，「天上掉下活人，又不是什麼希罕事情。我們家史就記錄過兩次，當中還有個渾身碧綠、頭大如斗，腹如梨、肢如蘆桿。只是活沒多久就死了。」

「……那是外星人吧？」白翼扁眼了。

「另一個背生肉翅，覆滿白羽，極美，言若歌詠。可惜不能人語，沒多久就逃走了。」

「……那是天使吧?!」白翼嚷了。

「跟他們比起來，妳實在太尋常了。」烏羽一臉淡然。

「……還真是對不起喔，」白翼快翻桌了，「我就這麼一個普通人！」

「將就了。」烏羽淡淡的說，「在家史上只能添如此尋常的一筆，只能說際遇如此了。」

「……」

冬天還沒過盡，烏羽就走了。

白翼的感冒早就好了，她霸著新廚房不放，在冷寒沒有蔬菜的冬天，把烏羽的嘴養得極刁。她夏秋兩季的乾豆菜脯完全派上用場，烏羽一天沒吃菜脯蛋就會叨念，也用慣了白翼用各式各樣奇怪草葉子泡的茶。

要走的時候，他帶了半布袋的蘿蔔乾，還有兩罐薄荷葉子。

這一走就是兩個季節。回來的時候已經是初秋了。

不知道白翼還記不記得他這個「頭家」。烏羽默默的想著。

冬天的時候，幾個混混賊心不死的偷跑來，家庭小精靈沒打發他們，倒是烏羽心不在焉的幫他們的臉開了五顏六色果子鋪。還是看在白翼還得在這兒住下的份上，才沒讓他們斷手斷腳。

但這些混混家裡的婆娘心懷妒恨上門大吵大鬧，村長來勸解，一堆冬閒沒事幹的村民來看熱鬧。

人人都瞅著泰然自若、面無表情的烏羽，白翼張了張嘴，漲紅了臉也想不出怎麼解釋……

可一想到這時代還有浸豬籠，她也只好死道友了。

「這、這是……」她硬著頭皮說，「這是我們『頭家』。在外走鏢，剛回家。」

「頭家」是此地方言，意思跟「相公」、「夫君」差不多。

烏羽瞇細眼睛，白翼只能苦笑。他倒是沒說什麼，點了點頭，沉肘垮了張竹桌，神情平靜，「家裡承各位鄉親照應了。」

這一節當然輕鬆的揭了過去，更沒人敢來欺負了。

事後白翼賠了無數不是，戰戰兢兢的說，她怕被浸豬籠。烏羽連眼皮都沒抬，「飯時了。妳不是要燉菜脯雞？」

想到她那莫名其妙又摸不著頭緒的傻樣，他向來平靜的臉孔也沁著一絲笑意。

那心眼真不是缺一點半點。

到了竹樓，推門卻跟個妙齡少女打了個照面。他微微皺眉，少女還大膽的往他臉看了幾眼。

「白翼。」他喊。

在二樓的白翼扯了幾下才扯開帳子，露出腦袋往下看，「烏羽！你回來啦？我在收夏天的衣服，你等我一下……大妞兒，後院的被單去幫妳娘收拾……」

大妞兒應了一聲，出去了。

等白翼連滾帶跌的從竹梯下來，笑嘻嘻的，「忙完了？我弄到一把決明子，泡茶不錯的……你要不要嘗嘗？」

「來點。」他跟在白翼後面，沿著竹樓迴廊去了廚房。她通火起灶煮水，又忙著洗撿菜蔬，「還有段蓮藕……晚上吃蓮藕排骨湯好不？剛好我熬了高湯……」

他倚在門上看她忙，接過她泡好的決明子茶，「不是說什麼都要自己來？怎麼雇人了？」

埋頭切菜的白翼漫應著，「王嫂子寡居可憐，一兒一女都小，春初他們娘們三個生場病，田都賣了，以後怎麼活？」她摸了摸頭，「那個，我花了你一點錢雇他們……可有他們幫忙，雞啊羊啊，都生了小崽子。等下個月趕集賣了就能補上……」

烏羽喝著茶，不緊不慢的打斷她，「那是飯錢。只要我來吃得上飯，誰理妳怎麼用呢。我早說過，妳不是種田的料子。」

白翼不服氣了，「好歹我還管著個菜園呢！」

「那菜園沒幾十步寬，還好意思顯擺。」烏羽搖了搖頭，「妳還是把菜園也托出去好了……難怪這瓜瘦得像牙籤。」

「你拿的那是長豆！」

「別切臘肉，我不愛。妳倒是煎個菜脯蛋，饞兩季了。」

「你還點菜哪！要吃自己來切蘿蔔乾，我忙著火。」

烏羽很自然的打下手。雖然這麼久不見了，卻沒感到半點生分。大概就是因為白翼這樣大剌剌又缺心眼，他才會一再的回來歇腳吧？

王嫂子一開廚房門，就是這樣一副熱火朝天。她愣了一下，拘謹的彎腰，「老闆，你回來了？」又啪的打了一下兒子虎兒，壓他的頭行禮。跟在後面的大妞兒福了福，咬著唇低笑。

烏羽平淡的瞥了一眼，點點頭，「家裡的，臘肉給嫂子帶回去吃吧。反正妳也不喜歡吃肥肉。」

白翼還在想誰是「家裡的」，已經讓烏羽拍了腦袋，「什麼傻樣？」

她才恍然大悟，趕緊拿荷葉包了臘肉遞過去。王嫂子推了幾次沒推成，滿臉通紅的收下，虎兒一把搶去抱著，一疊聲的道謝，樂得飛飛，氣得王嫂子又拍了他幾下。

「實在是……」王嫂子訕訕的，「老闆娘已經給過我們臘肉了，怎麼好又拿……」

「我不在家，家裡的又不懂事，王嫂子費心了。」烏羽還是淡淡的，「時候不早了，離村還有段路，摸黑難走，就不留飯了。」

王嫂子千恩萬謝的走了，虎兒根本就是拔腿狂奔。只有大妞兒，一步三回頭。

「咱們竹樓，別讓人進了。」烏羽回頭說。

「我也說不用，可王嫂子說死說活都不讓我動。」正在炒菜的白翼頭也不抬，「我只能在菜園玩玩土了，差點連菜園的活都被搶了去……王嫂子就是太客氣了……」

「我不是說王嫂子。」烏羽沒好氣的瞪她，「缺心眼！」

「啊？」白翼滿眼茫然。

「妳自己想去，別帶累我就是。」烏羽白了她一眼。

可白翼畢竟不是古人，她就是沒參透當中的玄機。

烏羽的要求，她抓了半天的頭，只是對著王嫂子和大妞兒說，頭家怕吵，竹樓的打掃就免了，沒事不用進去。

王嫂子是個老老實實的人，老闆娘怎麼說，她就怎麼做，反而臉紅的笑了笑，拉了白翼去旁邊小聲的說悄悄話，要她抓緊時間快生個兒子，讓她尷尬透頂。

大妞兒低頭了一會兒，盯著白翼手上套著的銀纏絲鐲子笑，「老闆對老闆娘真好，還送這麼對銀鐲子，真好看。」

「就跟他說不用了，」白翼搔了搔頭，「幹活不方便。」

她很快就把這件事情丟開了。菜園剛試種了麻葉，她天天都很期待能種活。

從小就愛喝麻薏湯，雖說入秋了，可秋老虎還是厲害的。不然煮些來清熱敗火也好。而且她好不容易得了些辣椒種子，正在忐忑的等發芽……

每天要忙的事情是很多的。

烏羽懶洋洋的跟在她後面，有時候幫她忙，有時候嘲笑她，一派悠閒。後來看中了菜園前大樹下的繩吊床，第一時間就霸占了，每天要睡午覺的時候，兩個人都要吵上一架，白翼就沒吵贏過。

可有回，沒吵就贏了，白翼開心的才朦朧睡去，卻被「家庭小精靈」之一摀著嘴，悄悄的送到竹樓二樓，還拿了烏羽的字條給她看。

烏羽要她留在二樓，不要出聲。

她正納悶的時候，樓下的門悄悄的開了。偷偷探頭，烏羽睡在樓下的竹榻上，面著牆，走進來的人，是大妞兒。

白翼先是困惑，然後恍然，然後驚愕，不敢相信。最後烏羽冷冷的把大妞兒趕出去，站了一會兒，才縱身跳上二樓。

「我……」白翼的腦筋還有點打結，「我沒有對她朝打暮罵。」

「我知道。」烏羽陪她坐在地板上，「生氣了？」

「不是。」白翼很快的回答，「我不是……我們也不是……她才十四歲欸！」她覺得有點頭暈，「她想當你的細姨……我是說，妾？」

「她想過得好一點而已。」烏羽聳肩。

「這才不好。」白翼變色了，「她沒有手嗎？」

烏羽順勢躺在地板上，兩手放在腦後權充枕頭。「大概就是妳這麼想，我才老想來妳這兒吃飯。」他閉上眼睛，很快的睡熟。

白翼的腦子亂成一團。她和王嫂子一家處得不錯，尤其是大妞兒，她們倆特別親熱。這幾個月，大妞兒常指點她農事，陪她去找稀奇古怪的野菜、種子。王嫂子都叫她老闆娘，可大妞兒都叫她姊姊。

但是，剛剛大妞兒不但要烏羽多多憐惜，還告了她許多黑狀，說白翼時時打罵，剋扣工錢，還跟其他男人不清不楚。一面說還一面去拉烏羽的手。

為什麼啊？

說生氣，其實只有一點。更多的是惶恐、不知所措，和很多的傷心。

可讓她更傷心的是，之後大妞兒還是對她非常親熱，白姊姊前白姊姊後的，一點點都看不出來。

比傷心更多的，是害怕，非常害怕。人心如此恐怖詭譎。

看著吃不下飯的白翼，烏羽也默然了。這藥是不是下得太重……但看她一點機心也沒有，將來怎麼在二門內生活。

瞧她那雙手，又識字懂算的，家裡非富極貴，大概也只是個少奶奶的料子。但宅門生活沒點心眼必死無疑，比江湖還凶險。趁這機會敲打下，不然真不敢把她嫁出去。

可看她這樣，又不忍了。罷了，養她又不費事兒，更不費什麼錢。

「若是看著難受，都辭了也罷。」烏羽淡淡的說，「這麼大的村子，要尋些作工的還不容易？再不然我撥幾個手下幫妳養雞。」

「王嫂子人很好，虎兒也很勤快。」白翼咕噥，「這時代的女孩子怎麼這麼早熟……才十四歲就討著要當人小老婆……」她咬著筷子，小心翼翼的問，「那個……烏羽，你娶了沒有？」

烏羽橫了她一眼，「這種貨色妳敢推給我？恩將仇報？」

看她訕訕的，烏羽沒好氣的教訓，「這種女人，不能共患難更不能共富貴。妳又沒大她幾歲，幹什麼現在就當起媒婆？別亂來！就算看姿色……也就這鄉下地方讓人當寶貝！在外面當丫頭都不夠格……」

白翼呆呆的指著自己鼻尖。她比大妞兒可大得多了……今年都二十五了！

「快吃妳的飯。」烏羽的氣比較平了，「我既不想讓兒子當殺手，也不想讓女兒嫁殺手。所以我這世決不置妻妾，別亂攪和了。倒是妳，若有可心的對象……嫁妝我幫妳置了。」

「我不嫁人。」白翼臉色一繃，心情更惡劣。「媒婆還有點前途，媒公可沒有。別瞎操心……吃你的飯。」

她心情不好了幾天，看到大妞兒的親熱只覺得噁心。烏羽難得長篇大論，過後也擱開不談，成天都在吊床睡覺，心情好就來菜園幫忙。

但她又不想讓王嫂子和虎兒難堪。

想想村子裡的女孩子十三四就開始備嫁，她跟王嫂子提了提，給了她二十兩添妝。王嫂子簡直要樂瘋了，她就是兒女親事愁了很久，既拿不出嫁妝也拿不出聘金。白翼給的工錢是別人家的兩倍，可存到能嫁女兒，怕就耽誤了。村子裡的女孩子過了十四還沒談好親事，是會被笑的。

二十兩，都夠她四個兒女豐豐富富的婚嫁了。

她興沖沖的去找媒婆，要女兒待在家裡做女紅備嫁妝。

白翼也暗暗的鬆了口氣，她省心，也不傷了王嫂子和虎兒。

可大妞兒居然跑來找她，抱著她的腿哀求，說要給她做姊妹，一起服侍頭家。

這種事情……求她也沒用啊！烏羽……說破天也只算她的朋友，頂多加重身分，謂之救命恩人。頭家云云，根本是擋箭牌、煙霧彈。

勸說無效，反而引起大妞兒的火氣，先是罵她不賢良、不容人，善妒，接著越罵越離譜。

「好好的女孩子，為什麼要給人做妾？」白翼也生氣了。

「同樣都是人，為什麼妳有人服侍，有銀鐲子戴，我就沒有？」大妞兒嚷了，「我明明比妳好看！我不要再把手做粗，更不要整天作工！我要體體面面、漂漂亮亮的！我有什麼不比妳強？」

大妞兒很委屈，非常委屈。她和白翼差又沒幾歲（表面上看起來），長得比她漂亮多了，也能幹多了。為什麼白翼能雇她們一家子幫她做牛做馬，白翼卻什麼都不用做？

為什麼她有滿匣子亂丟的金銀首飾，自己卻什麼都沒有？

還不就是她有個走鏢會賺錢的丈夫？

大妞兒一輩子都待在這個山村，連小鎮都沒去過半次。滿山滿村都是種田的泥腿子，唯一的體面人，也只有老闆一個。

也只有老闆他們家才起造這麼漂亮的竹樓，才有這麼多的牛羊牲畜，有錢到可以雇人使喚。

她都這麼委屈了，委屈的願意當個小的了，可這個醜八怪卻這麼不賢良，堵著不讓她進門！

大妞兒還想再撒潑，臉孔發白的王嫂子衝了上來，當面賞了她兩個巴掌，含著眼淚羞愧的對白翼再三道歉，虎兒在背後低著頭，一句話也說不出來。

看著王嫂子扯著大妞兒一路打罵一路回去，白翼突然覺得很累……累得蹲了下來。

「升米恩，斗米仇。」烏羽輕笑一聲，「救人得當個興趣，別想救出個什麼好來。」

「是你太楣了，帶累我。」白翼沒好氣的說。

原本烏羽打算就此撂開手，但白翼鬱鬱寡歡多日，王嫂子一家託人送還了二十兩銀子，羞見白翼，再也不來了。她又擔下所有農事，派手下幫忙她還發脾氣。

可她農事依舊笨拙，導致伙食水準節節下降，烏羽真的受不了了。

他不得不親自出馬勸慰了王嫂子一家，保證沒人知道這件事情，順便安插了個教導婦德的「大娘」壓著大妞兒備嫁學規矩。

烏羽可不是白刀子進紅刀子出那種江湖人，他是高端殺手，族號曰「隱」。他刺殺的對象非巨富則豪貴，甚至還有幾個皇子皇孫。能請動他出手不但是個天文數字，甚至有三年之約。

三年內目標通常死得再普通平常也沒有，一點可疑都找不出來。

說穿了，不過就是他往往隱身在目標左右，或為奴僕家將，或為清客幕僚。若非人情練達、看透人性，也沒辦法達得上那個「隱」字。

區區寡婦人家，真是殺雞用青龍偃月刀。若不是他再不想吃雜菜粥，還真懶得用心思。至於大哭大鬧的大妞兒，他乾脆扔給手下最得力的二娘子。都能把窯姐兒調教到冒充公主出嫁的嬤嬤，還怕一個村野丫頭？

他唯一囑咐的只有：「別弄死弄殘了。」

死了殘了他是不關心，但那傻丫頭一定會更不開心。

果然這麼一布置，伙食水準一飛沖天，倒騰出許多新鮮菜式，難得都是農家菜，吃得他一整個眉開眼笑。

只是白翼眉眼還有些鬱鬱，烏羽幫她又雇了兩家子幫忙，她也沒反對，只是成天躲在廚房，要不就在菜園，偶爾還跟他聊幾句，其他人就客氣得非常疏離。

默默看了幾天，他喚了白翼，就領著她出門。

「去哪？」她心情還是不太好，但掩蓋得不錯。

「逛逛。」烏羽漫應，一拐彎，又走了半天，剛好在湖邊站住。

日日看著這湖，白翼還真沒想過要過來走走。到底看起來雖近，走起來可是挺遠的。一路上挺荒涼的，她一個孤身女子，也不太敢走到這邊來。

一艘小巧的蓬船在岸邊微微搖晃。

她東張西望了一會兒，裊無人煙，這船是怎麼憑空跑出來的？大概又是家庭小精靈的傑作吧……？

這湖北接奔牛溪，南出午夜河，是為北南走向。說是湖實在有點誇大，頂多算個大點的池塘。但這湖終年不竭，偶因山洪爆發發水災，但盧家村再大的旱災都能挺過，就是仰仗這湖和周邊水渠的灌溉。

只是秋初枯水期，兩岸長滿蘆葦，水位低了很多。又是農忙時，打魚的人幾乎都不見蹤影。

烏羽拉了白翼上船，指點她怎麼撐篙，怎麼掌櫓，瞧她會了點，就撒手不管，任她把艘小蓬船駛得像是酒醉一樣，他則躺在甲板上曬著秋陽。

白翼倒是很有興致，一會兒撐篙，一會兒掌櫓，一開始還只會在水上打旋，沒多久就能蛇行了。

等烏羽睡了一覺，醒來發現腳邊堆了一堆濕漉漉的草梗菜葉，不禁好笑，「這是什麼？」

「茭白筍！天啊，我不知道你們這邊有欸！」兩頰通紅的白翼興奮得兩眼放光，「就是瘦了點……不過味道很不錯！我剛不小心卡到一條渠頭……沒想到發現這樣好東西！還有這個……蘆葦桿子！嫩嫩的心炒肉絲，可是很好吃的……茭白筍一半滷肉一半烤，你覺得怎麼樣？」

「我只管吃。」烏羽笑笑，「我是拖妳來散心，結果妳還是張羅吃的。」

白翼表情空白了一會兒，低下頭，「我不想再餓肚子了。」

烏羽淡淡的說，「妳在家鄉過得不好？初見時，妳活像餓殍。」

「不是不是，」白翼連忙搖手，「我家鄉豐衣足食，很少有凍餓而死的人……」她神情愴然，「我未婚夫……前未婚夫，喜歡瘦的女人。我剛來那會兒，還太胖呢，現在更不用說……」

一陣雞同鴨講之後，烏羽才算明白了「番邦」正流行「燕瘦」的身材。聽到白翼八十斤（四十八公斤）還被未婚夫嫌棄，看看她那合五尺半（一百六十五公分）的身高，他真無言了。

麻桿似的，一陣風就倒。

初遇時他被個仇家暗算，被生生餓了十天才那副皮包骨的模樣。真沒想到，番邦的審美標準居然是飢民。

他冷冷哼了一聲，「楚王好細腰，後宮多餓死。什麼淫風……使婦羸弱，其國必衰。欲使之亡，必令其狂……」

「沒那麼嚴重啦。」白翼苦笑的打斷他。

其實，還真是很老套的愛情故事。

青梅竹馬，兩小無猜。白翼和未婚夫是鄰居，小學國中都同班，高中開始戀愛，大學還同校，一直到出社會做事了，順理成章的決定結婚。

她的未婚夫什麼都好，只是很在意身材和容貌，怕在朋友面前丟面子。容貌還可以靠化妝品，為了好化妝，白翼還去動過一次雙眼皮手術。可身材……白翼容易發胖，從十五歲以後，可說沒吃過一頓飽飯。

但她覺得，易求無價寶，難得有情郎。這點小苦頭還是熬得過去的，減肥美容早就成了女性的全民運動……雖然她本身並不是那麼在意。

可這個「有情郎」，在印喜帖的時候，看上印刷廠的女工讀生，一見鍾情。告訴白翼終於尋找到真愛。婚禮照樣舉行，只是新娘換了別人。

她想不開，婚禮舉行前還纏著未婚夫哭鬧，那個男人大概煩了，丟下一句話，「人家可以穿進SS號的婚紗，妳行麼？」就拂袖而去。

就是因為想不開，所以她病倒了，什麼東西都不吃，醫生說是精神官能症。就是想不開，她才會扯掉扎了四天的點滴，跑去未婚夫求婚的學校頂樓徘徊，然後跳下去。

「可跳下去了，我才覺得後悔。」白翼仰頭看著湛藍的天空，「既然要死，我就該吃飽了再死。十年了……我不敢吃零食、不沾糖，連澱粉都不敢吃……我好想吃碗白米飯。」

幸好沒死。

每天可以吃得飽飽的，在土地上傾注一分心力，就會有一分回報。比起十幾年費盡苦心維繫的愛情，土地公平多了……

或者說，什麼事情的性價比都比愛情高。

「我拿這十幾年的心力和堅持去念書，搞不好都去哈佛了。」白翼自嘲，「白癡似的投注在情情愛愛上，換回來的只有一個血淋淋的教訓。我真不如去種地養雞。」

「妳愛種就種吧。」烏羽淡然的說，「別少我那碗飯就好。」他沒再多說什麼，只是從蓬船取了一把胡笳出來，婉轉著塞下曲，讓這秋光水色染上一層深深的淒涼哀戚。

白翼抱著膝蓋望著天空，盡力不讓眼淚掉下來。

烏羽沒有安慰她，只是接過篙，帶著遊完湖還順流而下，在午夜河旁的汐鎮打尖過夜，才逆流撐篙回去，一點也不費力。

沿途採了一大堆雜七雜八的野菜，他也沒說話，只是嫌汐鎮客棧一味的醬重油厚，吃著難受。

這麼一趟秋季蓬船之旅，倒是讓白翼的心情一整個晴朗起來。雖然說來幾欲落淚，但她本來是個樂天之人，分了心就不糾結了。

白翼的個性雖然不甚計較，大大咧咧，是個心寬的。但她對某些事情也很認死理，分寸不讓。十幾年投注的情感和努力付諸流水，她立刻從一個極端到另一個極端，感情這件事情，她是死活不會去碰了。

現代一夫一妻制都千瘡百孔，在這三妻四妾的古代更不用自找頭破血流。明明知道怎樣的濃情蜜愛必定腐敗，又何必給自己找不痛快？

她所有的情感都轉到廚藝和田園，看著手藝日益精進，田園日漸繁盛，非常有成就感。結識烏羽，完全是意外的收穫。難得有人這樣君子又這麼施恩不望報，人格非常值得敬佩。再說喜歡下廚的人自然也喜歡做給人吃，烏羽一直都很捧場，更讓她引為知己。

原本對人類失去信心的白翼，這才又有了點希望。

所以大妞兒的事情才會這麼打擊她。白翼畢竟不是當隱士的料，她也想結交幾個好朋友，烏羽不來的時候才有人可以說話談天。可大妞兒這樣等於打了她一個耳光，讓她沮喪不已。

她一生順遂，父母疼愛，朋友相親，又跟青梅竹馬耳鬢廝磨的長大，沒遇過什麼風雨。所以未婚夫一朝他娶，她才會這麼一蹶不振，以至於輕生。但莫名其妙來到這世界，一年多來吃了許多苦頭，她快速的長大，卻還沒看破人際關係的複雜和困難。

烏羽只是輕笑一聲，「朋友這種東西，重精不重多。既然妳看破了情關……」為難了片刻，「妳居然已經二十五了。這個年紀，想嫁也嫁不出去了……」

「……不是嫁不出去，是我不要嫁！」白翼漲紅了臉。

「也好。」烏羽淡然的說，「蹭飯不用怕被人趕出去了。」

若是換個人，絕對無法這樣淡然。但烏羽生在古老殺手家族，心性卻不適合當個殺手。但他願意從家業，到底是還把「宗族」擺在心裡，無可奈何。

他和白翼有點很相近，就是表面淡然好說話，事實上對某些事情非常執拗。他無奈從家業，就準備讓他這支就此絕嗣。從十二歲起，他就屢在生死之間，見遍了人性最貪婪腐壞的一面，讓他非常反常的維持一種精神上的潔癖。

但他畢竟是個凡人。是人就有群居的渴望，可他到今天二十八歲了，即將而立之年，卻沒誰過他極端潔癖的那關，成為他的朋友。

最啼笑皆非的是，讓他覺得高興，相處起來舒服的，居然是個女人家。

這是怎樣的一種緣法。

載著那一船野菜回去，白翼非常開心的大展身手。這回她煮的份量特別多，陶鍋滿滿當當，茭白筍滷肉，加上一些豆干豆皮，大老遠的就聞到香氣，讓人直咽口水。

蘆葦嫩心炒肉絲，清淡爽口，帶一絲苦味，卻那麼恰到好處的爽利。一鍋蛤蝌薑絲湯，在這樣乍暖還寒的初秋，再適合也不過了。

菜脯蛋、涼拌菜心。都是非常家常的菜色，卻是烏羽最喜歡的那種「家的味道」。

所以看到白翼只取了一些裝盤，他的臉馬上拉了下來。

果然白翼問著，「家庭小精靈……我是說，你的手下，在哪？菜要怎麼送過去？」

「……天天肥肉大鴨子養著，用不著！」烏羽怒了。

「飲食要均衡你懂不懂？」白翼瞪他，「反正又沒冰箱，煮都煮了，白放著壞了。請他們來拿……辛苦了。又要當侍衛，還得去弄船……沒事還得幫我餵雞清牛舍。」

人家可是堂堂高手！

烏羽忍痛讓出那些，桌子上的菜如風捲殘雲，連湯汁都沒留下。白翼的虛榮心獲得絕大的滿足，樂得去研究如何栽種茭白筍。畢竟野生種實在太瘦了。

但烏羽很不高興。因為手下交還陶鍋碗盤的時候，還敢眼巴巴的看著他。

看著空空的陶鍋，他氣不打一處來，陰側側的說，「你們敢倒了？」

手下很委屈，「旗主，您說什麼話來？我就搶到一塊筍子和肉。那些王八蛋像餓死鬼……」

「……肉湯呢？」

「屬下也只搶到半勺……」他的手下巴巴的瞧著他，「旗主，您看……」

「滾！」烏羽立刻趕人。

得寸進尺了這是……還巴望白翼做飯給他們吃哪？偶爾為之就算了，慣不得！

從菜園轉回來的白翼看到空空的陶鍋碗盤，咧嘴笑了，「小精靈……我是說你的屬下都喜歡嗎？那我再……」

「不行。」烏羽非常嚴厲的制止，「養刁了我的嘴就算了，可不能全養刁了。」

本來白翼很納悶，她這手廚藝就算磨練過了，也是平平而已，烏羽和小精靈們卻這麼捧場，實在是難解。

後來烏羽偶爾會帶她下山漫遊，甚至遠到縣城，還曾偷偷溜進大戶人家的廚房看菜色，她才恍然大悟。

這是個貧富差距很大的時代。朱門酒肉臭、路有凍死骨。山村人家敷衍個不飢不寒就已經很辛苦了，終年不見油腥，連醬都不怎麼吃得起，鹽巴更是金貴。再怎麼新鮮的菜蔬，沒油少醬無鹽巴也無法入口。

一般的平民客棧眼中的珍饈，不免反其道而行，一味醬重油厚，肥豬肉大蹄膀，每盤都油汪汪的，吃多了膩透。

至於富貴人家，就開始講究起來。一道菜整個面目全非，幾乎看不出原樣。想想紅樓夢的茄子都能弄成那副德行，近來又流行溫補食膳，真的看著一桌菜，都不知道材料是什麼東西。

她剛剛好就在這些菜色的中間。她幼時跟著祖父母在鄉間長大，父母住在距離十五分鐘的小鎮上，一直到國中畢業才隨爸媽搬到都市。

有段時間非常不習慣，看著奄奄一息的蔬果非常倒胃口。畢竟在鄉間時，吃的是現摘的蔬菜，絲瓜就在廚房外，現割現煮。她的爺爺奶奶把一小塊菜園打理得非常精神，田裡充作綠肥的蘿蔔秧子更是她最喜歡的零食。

到了這邊，她把兒時所有的記憶來了次大更新，只是她既然孤身，醬鹽醋油自然毫不吝嗇，完完全全呈現食材的原味並且發揚光大。

就這麼誤打誤撞的，合了烏羽和小精靈們的胃口。

烏羽很不開心，但小精靈們非常開心。白翼早晨開門，常在門口看到整理得整齊的茭白筍或其他野菜，廚房裡也有打理得乾乾淨淨的豬肉和下水，常讓她覺得好笑。

等她辛苦煮完飯，和烏羽一起用畢，都不用她清理，自然會清理乾淨，一一歸位。

「你們家小精靈真不錯。」她笑咪咪的跟烏羽說。

烏羽冷冷哼了一聲，眼皮都沒抬，「他們居然跟我吃的一樣。」

白翼驚愕了一會兒，笑了出來。之後她若下廚，會特別做一兩道菜專給烏羽吃。他對這樣的安排比較滿意，之後就沒再有怨言了。

＊　＊　＊

不到冬天，烏羽又走了。

「我留下兩個人暗中保護。」烏羽說，「別把他們養刁了，剩菜剩飯給點就好。」

「……路上小心。」

他平靜的臉孔沁出一點笑意，「春天回來的時候，帶根蛇牙給妳。對了，妳想什麼首飾不？」

「你給我幹嘛？我又不帶。」白翼搔搔頭。

「沒點女人樣兒。」他擺了擺手，逕自走了。

這次的任務並不難，只是瘴癘麻煩，又得在濃密叢林裡追蹤。好容易解決了點子，他卻只休整了一日，就匆匆趕回山村。

幾個月都吃羊肉麵餅，他真的受不了了。

走入竹樓，看到白翼穿著件貼身小襖，肩膀和手臂都露出來，散著褲腳，躺在竹樓地板午睡。

春末夏初，透過竹簾片片碎金，她側身而臥，一頭長長的頭髮迤邐，枕在一個茶葉枕上，呼吸細細。身邊一大堆散落的紙，竹案上草草葉葉，墨跡未乾。

烏羽撿起一張看，輕輕搖頭。她的字實在是……難看得緊。幸好還端正，看得懂。上面畫著一株草，一眼就知道是豌豆，可意境全無。上面寫著如何種植，如何入菜，把他逗笑了。

這是什麼？食譜不像食譜，農書不像農書。又看到書著一個數字，他好奇找了一會兒，發現是個葉拓，止是豌豆。

他挑了挑眉，這是個好方法。許多毒藥都失傳了，就是因為不識藥草的模樣。若是拓樣下來呢？

默默的收拾攤了滿屋子的紙張，一面對照著看，心裡漸漸驚異起來。

正沉思著，白翼翻身，眨了眨眼，「咦？你幾時回來的？」

「剛到。」烏羽淡淡的，揚了揚手裡的紙，「這是什麼？」

「暑假作業。」白翼坐起來，伸了個懶腰，「反正閒著也是閒著。」

「暑假？作業？」烏羽愣了一下。

白翼搔搔頭，「結夏安居的功課……番邦土話，不重要。」她終於真正醒了，對著烏羽笑得燦爛，「回來得剛好呢！剛好有好東西……你們家小精靈跟著回來了？」

烏羽眼一睇，厲光一閃，「不用準備他們的。」

「雖是好東西，但不能多吃呢。」她起身，「井裡澎著綠豆湯，只夠你的份了。還是你想先喝茶？前山收茶的時候我去幫忙收了。可我炒茶的功力不太好，炒得有些過頭……」

「妳自己炒？」烏羽有些意外。

「多學點本事也沒什麼不好。何況茶也可以入菜。」她引著烏羽往廚房去，先熟練的泡茶，井裡澎著的綠豆湯非常神奇的主動出現在廚房的小桌上，讓她再次感嘆小精靈的伶俐和神通廣大。

烏羽沒碰綠豆湯，捧著茶碗輕啜。果然她的手藝還不到位，勝在茶鮮、水甜，喝起來舒服。

瞥見她小心翼翼的切著一節雪白樹心狀的食材，他有些詫異，「這不是檳榔樹的頂芽？」

「是呢，檳榔心，又稱半天筍。」白翼切好檳榔心，又開始剁排骨，「前些天颳大風下大雨，我還以為是颱風呢。臨山崖有幾株檳榔樹被吹倒了……我看王大娘哭成那樣，就出錢買了那幾棵樹……」

「檳榔樹都倒了，買來能幹嘛？」他有些不悅。

此地檳榔栽種不易，但婚俗嫁禮裡頭常需要壓檳榔取好彩頭。山村若種幾棵檳榔樹，都是貴重私產，有的樹主就指幾棵檳榔才能兒聘女嫁。

這傻丫頭一定亂花錢。花也沒什麼，只是這封閉山村也沒人會領她的好。

「檳榔心好吃啊，檳榔樹的樹幹可以種木耳呢，用處多多。」她趕緊說，「這很罕有呢，平時哪裡吃得到。總不能為了口腹之欲壞人家的生計……可遇不可求的好東西。」

他還想念叨幾句，看她滿眼求懇，也就罷了。「……妳還是讓我養著吧。缺心眼得厲害……」

白翼差點剁歪了，滯了一下。老讓烏羽養著，其實不大對勁。她覺得自己也能獨立，可不知道怎麼拒絕烏羽的「養著」。以前父母男朋友嬌養著，沒養出她的公主病，卻養出一個溫順怕傷人的性子。

之前她若露出拒絕的意思，烏羽就面罩寒霜，非常不高興。

回頭看看正在喝綠豆湯的烏羽，一臉滿足的模樣，她就不太想破壞他的好心情。

那鍋檳榔心燉排骨湯，讓烏羽非常驚豔。淡苦回甘，白漿似的檳榔心，一口一種難言的美味，他終於明白為什麼白翼的評價會這樣高。

「為什麼只有這麼一小缽？」他開始心痛了。

「檳榔心性涼，不能多喝。又不耐放……大家喝掉最好，不然本來煮了是要分給村裡人喝的……你也吃排骨啊，跟檳榔心一起燉的排骨超好吃的，你試試看。」白翼遇到廚藝就非常熱情有自信。

喝完湯，原本熱極的胃口大開，白翼特別為烏羽做了梅漬涼拌豆腐和香椿煎蛋，那是他的私房菜，小精靈沒得嘗的。這一頓吃得他眉開眼笑，數月的疲勞一掃而空。

吃過飯，他心情好起來，打開他帶回來的「土產」：一根小臂長的白牙。

「哪來的象牙啊？」白翼驚嘆，觸手卻覺得冰冷。

「蛇牙。」烏羽糾正她，「這是頂小的，沒什麼用處，帶來給妳玩兒。」

頂小的？那大的該多大啊?!

「……蛇？」白翼做了個蜿蜒的手勢。

烏羽點點頭，「蛇腹約四丈闊。」

四丈是多長……？一丈大約是兩百五十公分，四丈是……十公尺……吧？哈哈，他們這邊的丈一定沒那麼大我想……

「大約六個妳吧？」烏羽目測她的身高，「追殺了好幾個月才拿下。」

手裡捧著的蛇牙，好像不冰冷了，反而有些發燙。

……妖怪啊!!

「你們……你們不是殺手嗎?」白翼有些虛弱的問,「怎麼管殺妖……我是說殺蛇……」還是條很大很大的蛇?!

「說妖怪也沒錯,都長出肉角了。」烏羽很平常的說,「殺手又不是只管殺人。殺這種近乎妖的蠻荒異種,也是我們的行當。可惜這條還太小了,沒掏出內丹來。」

……她還以為自己穿越到一個正常的古代,哪知道還有蠻荒異種和妖怪。

「殺神仙不?」她更虛弱的問。

「據說戰國時代曾經傾舉族之力殺過一個貶仙。」烏羽搖搖頭,「不划算,很難殺。妖怪容易點,不過可遇不可求,幾百年才受委託一次。蠻荒異種比較多……」

他淡然的瞥了眼蛇牙,「這條還算頂小的,我一個人就解決了。」

白翼的手有點抖,小心翼翼的把蛇牙放下。

「我幫妳掛起來好了。」烏羽偏頭想了一下,「尋常蛇蟻昆蟲再也不敢進來。可惜都得交公中……不然討塊蛇肉來，吃了雖然說不上百毒不侵，砒霜以下的毒都不看在眼底了。」

白翼更虛弱的乾笑了兩聲，覺得腦袋還有點暈。

烏羽沒有分到蛇肉，卻分到一瓶千金難換的蛇油。

抓著白翼的手，他小心的塗抹在大大小小的水泡和傷口上，有點兒心痛。

這一定是他見過最美的手。骨肉勻稱，纖長柔美，手背還有逗人的小小淺窩，從指而腕，雪白玉皓。不容易起繭，也不太留疤。

一雙真正的、千金小姐的手。

可惜這樣的手，沒得長繭，稍一勞作就起水泡，傷痕累累。若是歸他管，別說讓她拿鋤頭，連針線都不捨得她拿。

沒辦法，真歸不到他管。

「勞動後就抹一抹油。」他淡淡的說。

白翼瞠目看著手上的傷口以肉眼可見的速度癒合，一整個目瞪口呆。「……太浪費了吧？這該值多少銀子啊……」

「叫妳用就用！」烏羽發脾氣了，「我是沒有給妳錢，還是沒有給妳人？為什麼要自己拿鋤頭？女孩子家的手弄成這樣，能看嗎？」

白翼扁了扁嘴，「又沒人看……反正我又不嫁人。我也只在菜園玩玩……其他還有什麼我的活？連要洗件衣服，大娘大嬸都搶去洗了……」

「是嫁不出去吧？」烏羽把整罐蛇油扔給她，「把手養好！嫌沒人看，我勉為其難看著吧。」

烏羽，這是啥意思？

她不敢琢磨，抱著蛇油逃之夭夭了。

趁白翼睡覺的時候，烏羽正在聽兩個屬下的彙報。

「白姑娘很乖……」名為十一的侍衛，一開口就挨了一記凌厲的眼刀，讓他噎住了。旁邊的十六狠狠地用肘捅了他一下，讓他更莫名其妙。

像這樣暗護隱衛的活兒，他們也算經驗豐富。可他們護衛的那些小姐公子們，個個都想先給他們個痛快，省得到處惹禍，增加護衛難度和考驗心臟強度。

白姑娘是很乖啊，菜又燒得好吃，都會特別留飯，也不會故意去尋他們的蹤跡。

更不會去搞什麼女扮男裝的把戲，就算去市集買賣，也是規規矩矩的去，規規矩矩的回來，不跟人吵架打架，也不會亂買居心叵測的人，更不會刻意甩掉他們。

一點麻煩都不會給他們找，這不是乖，是什麼？攤上這樣一個好目標，不枉當初打得死去活來才搶到這個活兒。

十六看著旁邊的傻兄弟，腦門都疼了起來。白姑娘乖不乖，只有主子可以講。那是主子的媳婦兒！這還沒開竅的十一哪知道當中有什麼貓膩……

硬頂著主子宛如深冬暴雪的殺人眼光，十六硬著頭皮彙報這幾個月的點點滴滴。

「那個硬要賣身給她好葬父的是哪邊的點子？」烏羽冰冷的問。

「應該是六爺那兒的探子。屬下和十一沿線都拔了。」十六恭敬的回答。

「魯玉清？」烏羽冷笑一聲，「他敢管我的事？班頭，他三年內的買賣，都不用成了。」

身後宛如陰影的中年男子應了一聲。

族內也不省心。烏羽壓下怒火。小六本事看漲啊……想奪「隱殺」的封號，居然把腦筋動到白翼身上來……沒門兒！

他默然許久，身邊的人連大氣都不敢喘。烏羽向來喜怒不形於色，頂多口頭挑刺兒，如此暴怒……

白姑娘果然是他的媳婦兒！

只是主子不願意讓族裡控制媳婦兒，才藏到這深山裡頭來吧？他們心底暗暗的猜測。

正心底八卦魂澎湃洶湧之際，烏羽淡淡的問，「吃得不錯吧？」

十六心裡警鈴大作，連不開竅的十一都有點膽寒。這怎麼回呢？說吃得好，主子會醋海翻騰，說吃得不好，又污蔑了白姑娘的手藝。

「白姑娘仁善，待人哪能不好。」十六急中生智。

「心地好到缺心眼兒，真是獨一份。」烏羽發牢騷，「看著點。該拔的釘子就拔了……寧可錯殺一百。」

屬下們躬身應是，烏羽揮手讓他們下去。進屋踱上竹梯，站在帳外看著睡得迷迷糊糊的白翼。

為了她好，應該斷絕往來。

站了很久，想了很多，卻從來沒有這麼心亂過。

算了。反正也嫁不出去……二十六、七的老姑娘。不護著她，誰護？他只奇怪，怎麼歲月沒在她臉上留什麼痕跡……跟她同年的女子，這年紀都已經有婦人模樣了。

不說烏羽納悶，白翼自己也摸不著頭緒。這世界的女人，十三、四還是正常少女，卻凋謝得非常快，二十幾歲就像中年婦女，四十來歲就如老婦。難道是她們那邊都吃了太多泡麵，對容顏起了防腐作用？

搞得她非常尷尬，老有人猜她只有十六、七，好像不凋的塑膠花。

烏羽微不可察的嘆了口氣，悄然無聲的躍下樓，躺在竹榻上，煩悶了很久。

這次他休整了五天，又臨時接到一個不大的任務。可他起了疲倦的感覺。

「你是不是病了？」白翼很關心，「這幾天臉色都不好。」

「沒。」烏羽垂下眼簾，「大約一兩個月吧，妳乖乖待著。」

「我能去哪？」白翼搔了搔頭。

烏羽笑了，「嗯，我知道。妳一直很乖。」他翻窗出去，一下子就不見蹤影。

……明明有門，為什麼要翻窗戶？武林高手難道都得了不翻窗戶會死的病？真難理解。

不過三天後，白翼在睡夢中被嚇醒。帳外站著一個衣著華麗的絕代佳人，影影綽綽。

「是我。」熟悉的，有些嘶啞的聲音。

白翼慌忙掀了床帳，瞠目看著站在梯頂的美人兒……「烏羽？」她真不敢相信。

妝點精緻絕美的臉孔，沁出一個美麗的笑，纖纖長甲的手從華麗舞衣中伸出，輕扶著她的臉，「嗯，是我。」

……靠！古代的紅頂藝人！太專業了太專業……

「不是要一兩個月嗎？」白翼抓住他的手，老天，是塗了什麼，這麼細滑，

「你怎麼回來了？」

「……我也不知道。」盛裝的烏羽執著她的手，「來不及卸妝換衣……我吵醒妳了？」

白翼不知道怎麼回答。她總不能告訴他，她在夢中都感覺到一股充滿殺氣的視線，硬生生把她驚醒？

「沒有，」她有些侷促的回答，「……烏羽，你好漂亮。」

這才是真正的化腐朽為神奇啊！

他微笑，真是千嬌百媚，萬花盛開宛如春臨。「這沒什麼，只是化妝而已……工作的需要。」

工作。白翼的心緊了緊，睡意跑了個精光。她握緊烏羽的手，「你、你要小心點。」

「……嗯。之後真的不能來了……」他惆悵，畫舫很快就駛出他能力所及的範圍，不能這般來回趕。「一個月。等我回來，也讓妳漂亮一回，好不？」

「……我比較希望你平安。」白翼突然意識到他的工作有多危險，眼眶立刻紅了。

烏羽還想說什麼，一聲夜梟讓他吞了下去。「我得走了。」照慣例，他還是翻窗。但穿著華麗舞衣的烏羽，翻窗而去的身影，卻讓白翼怔忪了很久很久。

*　*　*

烏羽帶著傷回來了，走路一跛一跛的。

雖然帶傷是家常便飯，但他回來以後，就非常沉默，一副神遊物外的樣子，只有吃飯的時候才恢復點精神。

白翼問過一次，烏羽卻煩躁的要她閉嘴，她就真的沒再問，遇到他就繞著走，花更多時間在菜園和廚房裡，連她的「暑假作業」都搬到樓上去做，盡量不要跟他碰面。

但烏羽更煩躁了。

等他回來六天後，烏羽喚住她，「……我說過要讓妳漂亮一回的。」

白翼有些狐疑的看他，還是溫順的坐下，閉上眼睛，讓烏羽在她臉上塗塗抹抹。他真的很仔細，化妝化得很慢。白翼懷疑他根本是一根眉毛一根眉毛的慢慢畫，已經超越了慢工出細活的境界。

「好了。」他有些嘶啞的說。

白翼眨了眨眼，睜開眼睛才發現他離得很近……而且越來越近。

她還沒意識過來，烏羽已經將唇貼在她唇上。若有似無、冰涼絲綢的觸感。

轟的一聲，她的臉漸漸燒了起來，瞪著烏羽，動都不敢動。

他泰然自若的退後兩步，「沒弄壞妳的胭脂……這樣才叫做完整。」牽著白翼到銅鏡前坐下，她瞪著鏡中面若桃花的自己，差點認不出來。

「很美吧？雖然是假的。」烏羽將手搭在她肩上，「可惜傷皮膚，不能天天這樣畫。」

「這是畫皮。」白翼窘得要死，「這不是我。」

烏羽沒有說話，只是從鏡中看著白翼。

不能再拖了。這次的任務差點失敗……因為他心浮氣躁。他的心，亂了。

這樣不行。要趕緊把她送走，跟她切斷關係。不然他會死……他若死了，手下自然分發給其他人……誰護著她？她也會死。

其實，他很想弄壞她的胭脂。

就是這種心情，才會導致不能留她的後果。如果他能理智冷靜一點，不會到這種地步。

「……我要到四十歲，才能夠奉回族號，不必聽從家族命令。」他低沉喑啞的說。

可有族號的精英殺手，活過四十歲的，很少很少。

「你四十歲就可以退休了嗎？」白翼精神為之一振，「你今年幾歲？」

「……二十九。還有十一年……」這十一年內，隨時都可能死。

「十一年而已。」白翼對著鏡中的烏羽一笑，開朗明亮，「你退休後想做什麼？」

烏羽語塞，「還沒想過。」

白翼小心的從鏡裡看他，烏羽卻別過頭。

他是……害羞？明明有話要跟我講，為什麼吞吞吐吐？剛才親她……真的是化妝的必要性嗎……？

她的臉越發紅，嬌豔欲滴，「烏羽……你真的、真的不娶老婆……我是說不成親嗎？」

「我不想禍延子孫。」他的聲音更啞。

咬著唇，白翼開始絞手指。萬一是誤解呢？那就太丟臉了……淡定、淡定。只是嘴唇皮碰一下，沒什麼嘛哈哈哈……

可烏羽不講話了，讓她更加忐忑。她也搞不懂自己怎麼想的……但她對這樣的日子很滿足。她喜歡烏羽來吃飯，來住幾天。甚至有點喜歡烏羽嘴壞的霸道……其實是關心，她也了解。

非親非故，他卻那麼自然的照顧保護她，非常理所當然。她不想破壞這樣溫情穩定的關係。

「那個……」她期期艾艾的說，「如、如果，你四十歲的時候，還沒想娶老婆……我是說成親，我就、就……就當你女朋友吧。」

烏羽的雙手猛然用力，抓得白翼肩膀大痛，哀叫出聲，「你輕點啊！」

他醒神過來，忙不迭的揉著她的肩膀，「……女朋友？」

白翼羞極了，咳了兩聲，「就是……就……紅粉知己、青衫之交啊……」

「……跟我走嗎？」

白翼點頭，「若是那時候你還不討厭我……」

「說定了，生死不改。」烏羽淡淡的說，「對了，我也把舞衣帶回來了。妳挑套喜歡的去。」

她很快就被華麗非凡的舞衣吸引住了，興致勃勃的挑選，一套套的換給他看。

烏羽看著，一直淡淡的笑。心思卻飛得很遠很遠。

她願跟我走。她說，十一年而已。

「我若不到四十死了呢？」他問。

正穿著黲青舞衣旋轉的白翼停了下來，低頭認真想了一會兒。她就是個死心眼的呆子，不然也不會為了前男友輕生。

「我替你守墳。」白翼對他咧嘴一笑，「我是認真的唷。」

烏羽的眼神，罕有的柔和。「妳那膽子，恐怕沒有綠豆大，怕鬼怕得要死，還想替我守什麼墳？」他笑笑，「為了不讓妳違反諾言，我就勉為其難的活到四十後吧。」

白翼撇了撇嘴，「還真委屈你呢……天啊！怎麼就快天黑了！晚飯還沒做啊……」她衝上去更衣，下來的時候烏羽不讓走，硬把她的臉洗乾淨才放行。

原本欲焚的煩躁，竟然就這麼無影無蹤，像是從來沒有出現過。

一切都沒有什麼改變，只是烏羽似乎篤定許多，他依舊不太管白翼，一樣還是常常出差，不過他讓十一和十六現身了，成為白翼的明衛。

但白翼的明衛非常命苦……必須負責菜園子。

「……那我要做什麼？」白翼喊了起來。

「把妳的手養好。」烏羽連眼皮子都沒抬，「可做的事情多了，真沒事幹，去做妳的暑假作業。」

「那是植物圖鑑！」

「不管是什麼鑑，妳去做就對了。」他盯著白翼，「妳再拿鋤頭，我剁了妳後面那兩個明衛。」

只能說，烏羽很懂得拿捏白翼的弱點。她張了張嘴，恨恨的哼了一聲，乖乖的擱下鋤頭。

她身後的兩個明衛，後背都濕了。

烏羽語氣緩了點，「其實妳也不是很愛做那些農事，對嗎？妳就是怕而已。放心，我絕不會讓妳餓到肚子。妳是我女朋友嘛。」

白翼的臉馬上紅了起來。心虛的暗暗嘀咕。你個古代殺手，又不知道啥是女朋友，講得那麼自然。

不過她也明白，烏羽就是嘴壞，不會哄人。就是心疼，也不會明明白白說出來。「……大男人。」她咕噥。

「什麼大男人？」烏羽皺眉，「大丈夫吧？」

白翼朝他翻白眼，烏羽卻笑了，「衣架子擺在妳屋裡了，不去瞧瞧？」

果然一下子就轉移她的注意力，眉開眼笑的進去掛舞衣。這麼單純……真容易討好。

雖然白翼很愛那箱子華麗舞衣，可不知道為什麼，就算盛妝她穿起來就是沒氣勢。再說，舞衣穿著好看，可不好跑跑跳跳。她猛然想起日本和服懸掛衣服的衣架子，跟烏羽提了一句，他應承了，如今送來一掛上舞衣，原本樸素的竹樓整個氣場華麗起來。

本來這樣極盡繁複富貴的昂貴舞衣，不能掛著在外風吹日晒。可只要她喜歡，就是想撕成一片片來玩，他都會掙來給她撕，何況只是掛來看？既然她不愛首飾頭面，幾件衣服，又不是買不起。

「中秋我會回來。」不知不覺的，他原本有些啞的嗓音如此柔和，「等著。」

「八月十五？」白翼露出懷念的神情，「我們過個豐年祭好不？」

豐年祭？「妳安排吧。」烏羽點了點頭。

那天白翼忙得團團轉。

她一直不怎麼喜歡吃撈乾飯，但又不懂用大灶怎麼炊飯。不過她曾經用瓦斯爐成功煮過乾飯，經過這些年的磨練，她也燒得一把好火，很會控制火候。憑著稀薄的記憶，打造了兩個木桶，煮出來的飯跟電鍋差不多。

也是憑著這些經驗，她終於炊出只看過沒動過手的糯米飯，一顆顆晶瑩剔透，香味傳得很遠，讓她身後的十一和十六受到既痛苦又甜蜜的煎熬。

她幼年時跟祖父母鄉居，是客家人和阿美族雜居的村子。從小就看著隔壁的阿美嬸嬸辦豐年祭，中秋節對她來說不是吃月餅的日子，而是糯米飯、魚湯、野豬肉和小米酒，大家跳舞唱歌的節慶。

一桶糯米飯是拿來直接吃的「咪咪」，另一桶是拿來作麻糬的。身後兩個勞動力非同凡響，不但包辦了麻糬的搗製，連磨花生粉都通包了，讓她省心很多。

等烏羽回來時，已經月上樹梢頭了，她張羅了一桌子菜和小米酒，待烏羽沐浴後落座時，頗為驚喜。

白翼笑咪咪的親自捧盆讓他洗手，示範如何用手吃糯米飯。先握成一個小團，就著菜吃。為了這桌風味獨特的阿美宴，十一和十六特別去獵了條野豬。

「如果不習慣，你裝著碗吃好了。」白翼招呼著，「不過糯米飯不好消化，要細嚼慢嚥喔。」

「不用，這樣吃著香。」烏羽津津有味的一口糯米飯，一口野豬肉，「真好吃。」

「我做得不道地，我們隔壁的阿美嬸嬸才是厲害的。」白翼開心的幫烏羽斟酒，「其實還缺飛鼠腸……可我不敢吃，林子也打不到……嚐嚐魚湯，我花好多工夫殺魚去腥呢！我知道你不吃薑絲，可不擱不好喝……我幫你挑掉好了……」

「我來就好了。」他反過來幫白翼盛魚湯，聽她唧唧聒聒的講著阿美族豐年祭的零零碎碎。

吃得開心，不免多喝了幾杯小米酒。白翼情緒高昂到有些異常，趁著酒興，還放聲唱了她也不懂意思的阿美族歌，歌聲非常嘹亮，在滿月之下悠揚而澄澈。

唱了一遍又一遍，一遍又一遍。好容易停下來，她笑著跟烏羽說，「其實我也不懂歌詞的意思，可聽阿美嬸嬸說過，這是朋友一起喝酒跳舞的歌……」

笑著笑著，她的眼淚滴了下來。

瞧她晃了晃，烏羽趕緊扶住她。「……白翼。」

「烏羽……」她越哭越厲害，最後哇哇大哭，「我想阿公阿媽，我想爸爸媽媽……我想家，我好想家！」

再也回不去了。再也不會有人知道中秋節的豐年祭，不知道那天不是阿美族的阿公阿媽也會去唱歌跳舞，她還有套小小的阿美族衣服放在阿公家。

再也回不去了。

烏羽沒有說什麼，只是抱著她，輕輕拍她的背。「哭吧……沒關係。想哭很久了吧？放心哭……」

白翼聲嘶力竭的哭到脫力，最後只能啜泣，邊哭邊打嗝。筋疲力盡後才沉沉睡去。

等她睡沉了，烏羽還抱著她好一會兒。對著滿月，自言自語似的，「不要回去了……我養著妳。」

中秋一場好哭，醒來白翼怪不好意思的，只是她不慣飲酒，頭痛欲裂，捧著腦袋喊哎唷，剛好混過那場尷尬。

自從大妞兒的事情之後，雖然又雇了幾戶人家，卻再也沒人敢踏入竹樓。她宿醉得一塌糊塗，倒是烏羽一臉平靜的照顧她。

見他神色如常，白翼悄悄的鬆了口氣。卻不知道她那七情上面的毛病，早讓烏羽暗笑到翻天了，只是人家畢竟是高端殺手，控制表情比吃飯還容易，白翼這缺心眼的姑娘自然看不出來。

待到白翼宿醉退了，她又興興頭頭的蹦蹦跳跳，走前穿後，張羅吃食，端茶做飯，對烏羽好得不得了。

他也舒舒服服、大大方方的接受下來。只是廚房裡幫著打下手，屋前屋後修籬笆看屋頂，沒事就在後院劈柴，做足了一個頭家該做的事情。

相處兩年，雖說聚少離多，他也明白了白翼的性情。可她大哭一場後卻這樣殷勤，反而讓他有些拿不準。以為她有事相求，可這姑娘真真缺心眼，旁敲側擊愣是不懂，讓他啼笑皆非，索性直接問了。

想來也不會是什麼大事。榮華是辦不到，富貴大約能抵個宗室標準，只要她願開口就行。

說起來，烏羽就一彆扭孩子。心機百出的，他嫌人多智近妖；江湖兒女，他嫌人有匪氣；端莊賢淑的，他覺得就一木頭；剛強的嫌潑辣，柔弱的嫌無用。求他的，他恨沒骨氣。不求他的，他又覺得是假清高。

也是他一輩子都在陰謀詭譎中打滾，族裡的女子都是七八百個心竅，狠辣賽過蛇蠍的。外面的女子，富貴的忙著家鬥宮鬥，貧窮的有些氣性心計的，使盡一切力氣攀爬高枝，沒心計的只會逆來順受、哭哭啼啼……讓他覺得很煩。

可這些挑剔，遇到白翼，幾乎都忘了。只覺得打從心眼底順眼舒服，還有些暗怪都不求求他，給她點什麼，還一樣樣記下來，帳記得可整齊漂亮了，一毛錢也沒算錯。

養豬都沒這麼省心哪，哪來的傻姑娘。

白翼聽他問了，倒是扭捏很久，看烏羽漸漸蹙眉，才期期艾艾的說，「……我以前……老愛說『以後』。『以後』存了錢買房子，要接阿公阿媽來台北，讓爸爸媽媽跟我住，好好孝順他們……」她神情漸漸愴然，「事實上，哪來的『以後』？我沒倒過一杯水給爸媽喝，沒煮過一頓飯給阿公阿媽吃……」

她勉強咽了咽，隱隱帶著哭音，「根本就沒有『以後』。我、我……我寧可現在對你好了，省得沒有『以後』……你職業風險那麼高……我不要想沒有『以後』……」

烏羽發悶了。

說不高興，白翼這麼當心的把他擺在第一位，說心花怒放都還是小了。可說高興，不說她那提前當寡婦的覺悟，光把他和長輩擺在一塊兒的地位……說是哭笑不得都有些淺了。

心情很複雜，最後只能轉為鬱悶。

瞧她還在哭，氣更不打一處來，連連說了十幾次「笨蛋」才解氣。看她哭得一張臉皺得跟包子一樣，還一副大惑不解，真讓他頭疼起來。

怎麼會喜歡這樣一個傻姑娘？他沉重的嘆氣，遞了帕子給她，「得了。我知道了。」無奈的笑了起來，揉了揉她的頂髮。

這是怎樣的呆氣啊……想想他後背冒出一層薄汗。那時給了她二十兩銀子就扔了一年不管，居然手腳完全，也沒餓死，更沒讓花子拐了或被人賣了，真是運氣。這只能說是「傻人有傻福」了……

明明識字會算，看她的帳篇子許多巧思，那個什麼鑑條理分明，沒事他都愛拿來看呢，琢磨著以後編寫毒經就照她這章程。可怎麼這麼缺心眼，有股書呆子的味道。

「別哭了，我不會扔下妳不管。」他難得柔聲，「妳是我女朋友嘛。」

每次提到這三個字，白翼的臉孔就紅了起來，慌慌張張，讓他肚裡一陣暗笑。紅顏知己、青衫之交？唬誰啊……

他雖然不明白番邦的風俗，但也大致上推測到，大約跟婚約差不多。這傻丫頭偷繞我，還以為我不知道。

「那我是妳的誰？」他臉皮平靜，卻不無惡趣味的逗她。

白翼羞得手腳都沒處放，眼神飄忽開來，「……男、男朋友……」

「是這樣啊……」烏羽凝重的拖長音，點點頭，「原來我是白翼的男朋友。」

「我、我我我……」白翼跳起來，「我去做飯！」轉身就跑了。

剛吃過午飯，這做的是哪一頓？

烏羽終於沒忍住，放聲大笑起來。

* * *

他和白翼坐在竹樓裡，膝上放著白翼剛完成的第一部植物圖鑑。以前未完稿的時候，他就頗有興趣的翻閱，現在裝訂好了，他反而久久沒翻過一頁。

白翼一面小聲的哼歌，一面畫著一片大到拓不進去的葉子，不時拿著尺量，神情很認真。

真要把這傻丫頭扔在這兒三年？

他剛接到一單大生意，點子很硬，三年能拿下來就已經很強了。可別人接不下來，只能交到他身上。

終究，他還是奪天宗魯氏的子弟，無從拒絕。

族裡對他的桀驁已經非常不滿，但他是最高端的殺手，真能壓他一頭的幾乎沒有。他悍然拒親，族裡又沒其他方法拿捏他，明裡不敢動，暗裡小招數不斷。隱隱約約似乎有些察覺白翼的存在。

跟著他的隱旗，幾乎都是接護衛活兒，人人都明白他殺人都是孤身，這隱旗只是個擺設，他也沒刻意調教。一次兩次，隱旗可以扛得下，三次四次？五次六次？車輪戰呢？

擺遠了斷然不成。

「白翼，」他喚。

她抬頭，笑意盈盈，「什麼事？」

「跟我走吧。」他心底打點要怎麼跟她說明，藉口和勸誘都想仔細了。

「好。」她點頭，低頭繼續畫她的葉子。

烏羽鬱悶了。

忍不住罵，「好什麼好？妳也不問要跟我去哪，帶妳去賣掉呢?!」

她微驚，「你會嗎？」她自己搖搖頭，「怎麼可能，差點被你唬了。我賣不起價錢啦……」

「笨蛋！」烏羽更氣了，「笨蛋笨蛋笨蛋！」

「好端端的你幹嘛罵人？」白翼也發火了，「你才是笨蛋！你們全家都是笨蛋！」

「……」

遠行在這個時代是件苦事。

不過一路跟著來的白翼一直沒叫苦。幾年農婦的生活給她打下不錯的底子，在磨破雙股痛了幾天以後，她在烏羽的指導下居然學會了騎馬，勉強可以跟上隊伍，馬車就純粹拿來裝載行李了。

白翼認為，她也才二十七歲，年輕人當然學得快，吃得了苦。烏羽聽她這樣講，瞅著她貌似十七歲的臉孔有些糾結。

番邦女子老得慢還是怎樣……？

但她終究不是精悍的江湖兒女，往往急行軍後疲勞得在馬背上打瞌睡，差點掉下來。隨時留意著她的烏羽都能眼疾手快的接住她，抱在懷裡繼續騎馬。必須棄馬步行的深山野嶺，他也會背著白翼施展輕功急掠而去。

大體上來說，烏羽對於她的堅韌很滿意，甚至很得意。

因為連憨十一都誇獎白姑娘沒有武功，卻比所謂的俠女更吃得起苦，有股強悍的擰勁。

烏羽領下的隱旗專精於護衛，見識過各式各樣的貴人和武林千金公子，有的還很有點武名。

可拖著他們逃跑的時候，真恨不得把他們斬於馬下，省得礙手礙腳兼怕苦怕累、吵鬧不休。相較之下，白姑娘可愛太多了。一個不曾有遠行經驗的小姑娘（？），出行前還沒摸過馬呢，幾天就學會，騎不住知道要講，也不會學會就瘋跑。除了馬上打瞌睡這個缺點，真的很乖，很懂得配合隊伍行進。

以前是貪吃她做的菜，一路行來，卻真的佩服疼愛這個乖乖的小姑娘。就是因為如此，他們才會硬著頭皮請主子在城鎮打尖，省得累壞了白姑娘。

烏羽冷冷的瞟了他們一眼，說，「玉不琢，不成器。」

「我還行。」白翼強打起精神。

「全體注意，進城休整。」烏羽更冷的下了命令。

「……烏羽，有沒有人說過，你是個彆扭鬼？」白翼瞪了他一眼。

等到了客棧，白翼簡直是從馬背上滑下來的。一跛一跛的進了客房，她連鞋都沒脫，就歪在床上睡著了。睡到第二天早上才起來沐浴吃飯。

雖然全身痠痛，但烏羽問她要不要出去逛逛時，她還是立刻扔下飯碗，跟了出去。

她迷上了買書和買種子。每到一個城鎮，她都會設法蒐購一些罕見的種子，或是鑽進書鋪流連忘返。

待在封閉的山村，根本是山中無歲月，寒盡不知年。一直到跟著烏羽遠行，她才有機會買到書，看到邸報，方知身在何處。

這是個奇怪的時代，燕朝。開國君主居然是威皇帝慕容沖。那個腐女最愛

ＹＹ的小受沖……

傑克，這真是太神奇了。

「這是一個歷史的歧途。」白翼很嚴肅的對烏羽說。

「番邦子知道什麼歷史歧途不歧途？」烏羽很漢族優越的說。

「……咱不跟啥都不懂的古人置氣。」白翼更現代優越的鄙視他。

「哼。」烏羽冷笑一聲，「一千世界為小千世界，一千小千世界為中千世界，一千中千世界為大千世界，總和稱為三千大世界。一抉一擇之差，即可能導向不同小界，謂之路歧。我不懂？哼哼……」

白翼眼睛越睜越大，聲音顫抖了，「……這是弦論啊……烏羽，你該不會也是穿的吧？」

他笑了。「穿啥？去……這是我家鑽研陰陽家的九叔爺提出的論述。綜合陰陽家和佛學異同。他為了證明這論述，到處去找借屍還魂的記載和實證哪……」

烏羽將嘴閉了起來，突然有點頭疼。千萬不要讓九叔爺知道白翼的祕密……不然絕對沒有安生日子。

「這些話妳只能對我講。」想到九叔爺的穿腦魔音，惡寒之餘，烏羽慎重的說。

「當然只跟你講。」白翼白了他一眼，「我又不想被當成瘋子。」

烏羽湧起一個古怪的笑，「只跟我講……只信我？」

「只信你。」白翼純潔信賴的點點頭。

那天烏羽心情很好很晴朗，買了半個書肆的書給她，還花了大錢幫她雕版刻暑假作業第一集。

「植物圖鑑！」白翼氣急敗壞了。

「暑假作業這名字比較好聽。」烏羽很堅持他的主張，白翼怎麼都弄不明白，為什麼他會堅持這個蠢名字。

當然，烏羽不會對她講。因為「暑假作業」，總是讓他想起白翼慵懶的躺在夏日竹樓的地板上，露出肩膀和手臂，散著褲腳，烏黑的長髮蜿蜒。

她醒來時懶洋洋的看著他，說，那是「暑假作業」。

每每九死一生，危險得幾乎找不到活路時，他總是想起她那時的模樣，想著她正等著他回家，就能激發出最後的力量，度過難關。

可一輩子，他都沒講過這個天大的祕密。

畢竟烏羽是個害羞的彆扭孩子。

原本烏羽想把白翼安置在蘇州府衙內……那任的知判剛好是家族安在朝廷的椿子。

但這樣精簡又精簡的迷你宅門，卻讓白翼的笑容一天比一天少了，她又不是能藏心思的人，這樣努力掩蓋、強顏歡笑，讓人看了很難過。

住了十天，在教養嬤嬤的努力下，白翼居然有些千金小姐的風範了……

可她不開心。

「罷了。」烏羽囑咐，「整理行裝。」

教養嬤嬤攔住烏羽，她原是烏羽的奶娘之一，揣測著烏羽大約上了心，就準備把白翼教出規矩，也免得讓人小瞧去。「小主子，白姑娘還是得多教導教導……不然出去失了顏面……」

「住口。」烏羽冰冷的吐出幾個字，「敢插手？」

教養嬤嬤覺得自己讓條毒蛇盯住了，後背滿是冷汗。親手帶大的孩子，可從來沒真的了解他……向來是個說一不二的主。

「奴婢不敢。」

烏羽這才把冰冷的目光收回來，「整裝。」

知道準備離開了，白翼卻滿臉憂色，「……是不是，給你帶來麻煩？」

「不會。」烏羽看了心疼，語氣反而冷硬，「這兒住著心煩，早走早好。」

一確定真的可以走了，白翼歡呼起來，激動得抱著他又跳又笑。

這樣就對了。他原本煩躁的心情安定下來。她就該這個樣子，沒規矩就沒規矩。但她大笑的時候，聲音那樣放肆高亢，一點都不動聽，可他聽著也會跟著彎嘴角。

會把她安排在府衙中，原本就是為了安全問題。獨立一個小院子，容易安排護衛，也給家族那些蛇蠍多點禁忌，別鬧什麼花樣。

但這些，都沒有她的笑容重要。

會選擇把她帶出來，就是因為族裡那些蛇蠍在附近猛嗅鼻子，再瞞也不多久了。那乾脆攤牌吧。把她安排在自己「工作地點」百里之內，她若掉根頭髮，這個任務就會「失敗」。

他相信族長會約束這些魑魅魍魎，但不相信這些魑魅魍魎。所以他會選擇官府，但白翼沒法子養在金籠子裡。那不要緊。隱旗下屬三百六十人，貼身隱衛十二名。他決定全部留給白翼。除非調起一路兵馬，能和他的隱旗相抗衡的，大約也不多。

但這一切，白翼不用知道。她只要安全平靜的過她的小日子就可以了。

他選擇的地點是姚鎮，號稱小蘇城。鎮內河流溝渠遍布，出門是乘船而不是馬車，極富江南風情。

「老天，中國威尼斯啊！」白翼又驚又喜。

「出門讓十一、十六掌櫓就是。」烏羽淡淡的。

白翼低頭了一會兒，湊到烏羽耳邊輕輕的問，「為什麼你安排給我的護衛都是男的啊？你沒有女的屬下嗎？」

烏羽沉默了一會兒，心底偷偷的樂，白翼不施脂粉，也厭惡薰香。但太愛乾淨了，總有股淡淡的皂味，清爽的氣息。靠得近了，更是悠然清遠。

他湊到她耳邊，更低聲的說，「女的屬下都對我有些想法……我不想妳成為箭靶。」然後有些壞心的欣賞她的耳朵一點點的紅起來。

「這樣。」白翼自以為不動聲色的拉開距離，卻讓烏羽抱了個滿懷。

僵了好一會兒，她才意識過來，有些羞怯的抱著他的背。

「可能很長一段時間，我不能回來看妳。」烏羽低啞的聲音在她頭上飄。

白翼點了點頭，眼眶漸漸發熱。

「除了放火不可以外，殺人視情況而定。其他妳想做什麼就做什麼，吩咐十一和十六就好……不要怕，我都安排了。」

「我知道。我不怕。」眼淚已經快攔不住了。

「……我想吃滷冬瓜，還有茶碗蒸。」烏羽很輕很輕的在她耳畔說，「等我回來，妳做給我吃。」

「一定。」她終於哭了。

烏羽還是沒有弄壞她的胭脂……因為她的脣，根本就沒有胭脂。

這樣好。一遍遍啜吻她的脣時，烏羽想。

他還是比較喜歡原味，不喜歡胭脂的油膏和花香壞了味道。

這三年間，烏羽只回來兩次。

時間也都很短，頂多一兩個時辰就走了。

可沒辦法，真的。他的工作性質就是這樣，曰之「隱」，潛伏隱匿，不知道要怎麼千算萬算才能算出那一點時間，頂著的就不知道是多少危險困難。

但是白翼每次都歡歡喜喜的迎接他，高高興興的做飯。烏羽每次點的菜都是滷或蒸的菜，就是貪那一點時間，上了灶能和白翼在廚房裡聊天相伴。

喜歡聽她說話，像是長久的分別不存在。她還是那個呆呆的、軟心腸的傻妞兒，瑣瑣碎碎的說著地裡的莊稼，畫出來的暑假作業，家長裡短，左鄰右舍。

熨貼、舒服。他的家，他的白翼。

「我遇到鄉親了。」白翼說。

「盧家莊的人？」烏羽微微一驚，心頭轉沉。怎麼沒有接到旗裡的報告？這些傢伙是不是懶散太久需要他抽個懶筋什麼的……巧合？還是誰的別有用心……

「不是。」白翼安靜了一會兒，「是……番邦那邊的。我是跳樓過來的，她好像是考大學壓力太大，少年中風之類，只有魂魄過來……」

「妳怎麼知道是鄉親？」烏羽雖然訝異，卻把心放了下來。借屍還魂也不是什麼希罕事……他保過一個逃回故國。

白翼含笑，「有家叫做『春水堂』的茶樓，是她親手布置的。裡頭跟番邦那邊相類似，連名字都一樣……後來相認，發現她是台中人，我是台北，很近呢。真的是緣分……」

「盧少夫人？」烏羽皺眉，「慕容女？她不是官家私逃的夫人麼？」

「十一和十六怎麼什麼都告訴你啊？」白翼嘆氣。

因為盧侍郎準備迎娶平妻，盧少夫人留書出走。旗裡告訴他，白翼和那位少夫人相交甚密，憐惜白翼連個朋友也沒有，烏羽就默許了，甚至還暗暗令人幫盧少夫人擋些麻煩去。

烏羽心底卻有些不快，語氣也硬了，「白翼，妳在敲打我？」

把他跟官家那種棄糟糠的混帳擺在同個高度，讓他非常非常不爽。

「當然不是！」白翼也有點不高興了，「烏羽，你不要我說什麼都往彎彎拐拐想去，我討厭這樣……我一定是有什麼說什麼的！」

兩人小小的拌了幾句，直到白翼跳起來起鍋，才閉了嘴。等雞蛋羹和滷冬瓜上桌，白翼一如既往的幫他盛飯盛湯，氣氛還是有點壓抑。

「我從來，不覺得你會是那樣的。」白翼低低的說，「我並不是真的笨蛋，我也知道，你為什麼，不跟我太親密。」

她抬起頭，眼神非常澄澈，「烏羽，你害怕。你害怕會扔下我走了……也害怕我扔下你走了。你……所以你……你沒對我怎麼樣，怕我將來嫁不掉……」她的眼淚掉進飯碗裡，「明明我不喜歡那些首飾頭面，你還是一樣樣都塞給我。衣箱那些舞衣……雜著幾件嫁裳，你真以為我不知道……我不知道，你在偷偷幫我備嫁？」

「我相信你的，是你不相信我又不相信自己。」

「但我想告訴你，人生聚散無常，若非生離，定當死別。但就算只能跟你在一起一百天，與其九十九天都沉浸在『將別離』或猜忌離心的痛苦中，不如相信你到底。」

她擦乾自己的眼淚，無比認真的看著烏羽，「前者只是百分之百的痛苦，後者卻是百分之九十九的快樂。我喜歡高高興興，所以我非常非常相信你。我知道你的打算都是為我好，我喜歡你的心意。可你能不能，笨一點，傻一點，相信我，也相信自己呢……？」

烏羽默默的吃飯。這是頭一回，他吃白翼做的飯，卻食不知味。

臨別前，他才猛然將白翼緊緊的抱住。「……我真的想要妳，想要我們的孩子。」

想要，卻不能要。身為一個家族豢養的殺手，一個鮮少活過四十的殺手，他害怕，他不相信自己。

「我不是不信妳，真的。但我不要孩子成為殺手，或者將來得嫁給殺手。白翼，妳等我。我信妳會等我。只是……苦了妳。」

其實，我不覺得苦。白翼默默的想。我真的，明白你了。你不會移志別愛，你心裡只有我。

或許我一輩子貪求的，也就這麼一件事情。

前世沒達成的，今生卻完滿。

歸期不定，無所謂。聚少離多，不要緊。我能安排自己的生活，只要你會歸來。待你四十，我們也還都不老。還來得及泛舟江湖，來得及生兒育女。

我是傻，很傻。但每一天，我醒來時，心底充滿了希望和開心。因為距離期限，又近了一天。

我寧願一直這麼傻。

＊　＊　＊

烏羽成了幾百年來，第一個活著卸下族號的高端殺手。他謝絕了族裡留任長老的崇高職位，但笑納了族裡酬庸他的隱旗部屬。

江湖易老少年頭，這些人跟著他大半輩子，也該有個下稍。

何況代他保護白翼十餘年。

於是江湖中橫空出世了一個「魯氏鏢局」，業務異常興旺。傳言大當家神龍見首不見尾，是個高人中的高人，來歷卻很神祕，再棘手的事情，交給魯氏鏢局就對了。

可事實上，烏羽根本就成了甩手掌櫃，巴不得把十一和十六甩得老遠，遑論其他。但每三年隱旗還是開大格鬥，十一和十六總是頗負眾望的奪魁，牢牢霸占著護衛的位置不放，娶妻生子也照樣整家帶著走。

但烏羽是什麼人？還是悄悄的背了白翼逃了，氣得十一和十六跳腳。

終於成就了烏羽，泛舟江湖之上，天涯海角任淹留的心願。

親自撐篙的他，含笑看著興興頭頭畫葉子的白翼，雖然衣衫寬大，卻也掩不住微微隆起的肚子。

他彎腰，折下一枝半開荷，簪在她的髮上，有些心疼她的眼尾已經有了細紋……但依舊是好看的。

等了他十一年的番邦女子，總是笑著看他的人兒，現在還懷了他的孩子。

總以為，自己血腥半生，終將死於非命。但她卻如清風吹拂，吹散他命裡的無盡血腥。

一首婉轉清逸的浣花曲。

他橫笛，悠揚的將自己的喜悅和希望嗚奏出來，在夏日晚荷的芳香中纏綿無盡，直抵那天盡頭。

（浣花曲完）

蝴蝶
Seba

國家圖書館出版品預行編目資料

再綻梅/蝴蝶Seba著. -- 二版. -- 新北市：
雅書堂文化事業有限公司, 2023.01
面； 公分. -- (蝴蝶館；48)
ISBN 978-986-302-659-4(平裝)

863.57 111021261

蝴蝶館 48

再綻梅

作　　者／蝴蝶Seba
發 行 人／詹慶和
執行編輯／蔡竺玲・蔡毓玲
編　　輯／劉蕙寧・黃璟安・陳姿伶
封面設計／斐類設計
執行美編／林佩樺
美術編輯／陳麗娜・周盈汝・韓欣恬

出版者／雅書堂文化事業有限公司
郵政劃撥帳號／18225950
戶名／雅書堂文化事業有限公司
地址／新北市板橋區板新路206號3樓
電子信箱／elegant.books@msa.hinet.net
電話／（02）8952-4078
傳真／（02）8952-4084

2023年01月二版一刷　2011年04月初版　定價240元

經銷／易可數位行銷股份有限公司
地址／新北市新店區寶橋路235巷6弄3號5樓
電話／（02）8911-0825
傳真／（02）8911-0801